風塵手記

楊塵 | 著

序

　　隨著科技的進步，現在手機的拍攝功能，已經變成簡單，方便而且畫質也很好。對於喜歡攝影的朋友而言，到處玩到處拍然後分享給朋友，也是一種生活的樂趣。雖然單眼相機功能更好，照相畫質更佳，但設備重量較重也是一個惱人的問題，尤其出門到處隨便晃晃，不可能隨時帶著大設備，即便遠出旅遊帶著龐大的照相裝備，整天背著往往讓人疲憊得吃不消。對某些特定主題的攝影當然單眼相機這些大傢伙仍俱備優勢，但對於想要自由自在徹底放鬆的朋友而言，從事休閒活動時身邊能有一台手機，操作簡單，輕鬆愉快，而且基本功皆能滿足，不需要太多累贅，這卻是大部分人共同的願望。我就是在這樣的背景下，帶著手機偶而加帶小平板電腦，一面玩，一面拍，隨緣去捕捉生活周遭的一些有趣事物，把一些認為值得寫些短文的事件和照片結合，就這樣整理成冊希望能分享同好和讀者。最後謹把此書獻給和我一起分享生活樂趣的家人和朋友，並感謝每張照片背後的人們和我一起共同經歷的時光和歲月。

楊塵 2018.10.1 於新竹

目錄
Contents

2014　嘉義阿里山

台灣高山茶

　　不是隨便什麼茶都可以命名「高山茶」的，只有生長在一千五百米至二千米的高山環境，那兒終年雲霧繚繞，空氣清新而且水質清澈，白天和晚上溫差極大，四季溫濕度得宜，才能孕育出獨一無二真正的高山茶。這樣的茶經過輕微的日曬殺青，起到一種自然發酵的作用，經過製茶師傅細心的揉捻烘焙，成就台灣高山茶特有的風味，其特色茶湯通透明亮，香氣高雅細膩，餘韻回甘不絕。台灣高山茶重視區域特色這和法國葡萄酒強調風土Terroir一樣，Terroir的核心概念乃指土壤結構，微型氣候和當地人文三者結合形成的特有風格，由於得天獨厚的地理條件，高山茶成為老天賜給台灣這塊土地的無價之寶，喝過世界各地的名茶後，我的評價台灣高山茶絕對堪稱世界第一。

2015　新竹縣 湖口

湖口老街

　　每條逐漸凋零落寞的老街，其實背後都有一段熱鬧繁華的過去。湖口老街也不例外，過去曾經是台灣鐵路的一個過站，商店林立雕龍畫鳳，戲院，教堂，廟宇錯落其中，隨著時代的變遷，老街除了古老的商店建築依然佇立，還保留一些傳統的小吃和餐點。我去一家百年老店吃飯，店家用新盤裝著古式的傳統菜餚，其中鹹蛋南瓜，紅燒海鱸魚，白斬土雞，酸甜炸豆腐，美味可口帶著令人懷念的古老滋味，倒是一些商家販賣著六七十年前民間飲食用的碗盤碟杯，吸引我的注意。我買了幾個花色斑駁的碗盤，店家好奇問我作何用途，我說拿來裝新菜，用來盛裝一些古老的回憶。懷舊其實不在器物本身，而是這些器物曾經經歷的年代裡，那些跟著我們一輩子也無法忘懷的人與事。

2013　新竹

老酒與老友

　　朋友之間有共同嗜好也是一種機緣，酒餘飯後聊到天南地北。我的科技界朋友曹董，工作之餘和我一樣喜歡品嚐葡萄酒，若偶遇陳年老酒亦樂於收藏。記得群創光電草創之時還沒覓得適當地點，當時在竹南由曹董提供了一間辦公室，公司的創立計劃書就在一間小小的房間裡誕生了。事隔多年和曹董以及Frank陳在竹南一間餐廳用餐，喝著這兩瓶老酒又回憶起當年往事，我把酒瓶帶回拍了照片以為紀念，老酒已屆五十年的歷史，酒色暗淡而酒體衰老，品嚐之時五味雜陳而且酒渣甚多，這夾雜著歲月的痕跡和諸多往事的一種滋味，又彷彿我們在職場所經歷的人生那樣起伏跌宕。老酒和老友，什麼滋味？你得認真品嚐才能了然于胸。

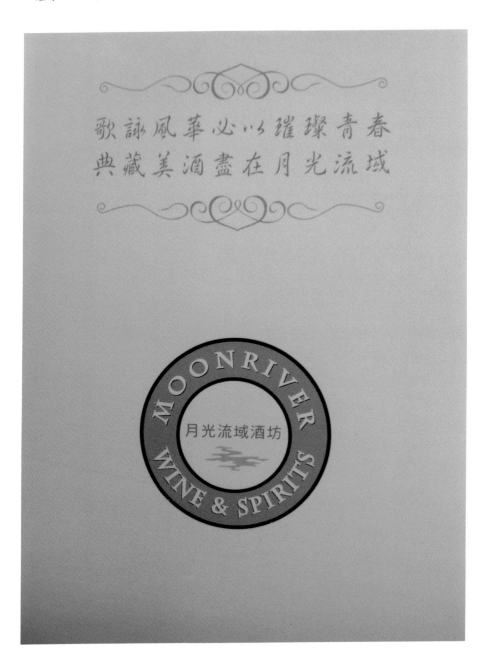

歌詠風華心以璀璨青春
典藏美酒盡在月光流域

MOONRIVER

月光流域酒坊

WINE & SPIRITS

月光流域酒坊

　　從事液晶顯示器產業退休後，我和弟弟在竹北開了一家小酒坊，專門販售世界各國葡萄酒同時提供配酒的西式簡餐，讓科技業朋友不時聚會小酌。酒坊取名月光流域，一方面受到酒仙——月光詩人李白的啟發，同時美國老牌歌手安迪‧威廉斯唱紅的名曲MOON RIVER，優美的旋律一直在我腦海繚繞不去，再加上我夢幻中的理想葡萄莊園是位於一條幽靜的河流邊上，入夜有月光照著小河流淌，猶如杯中晃動的葡萄酒細膩而綿密。賦予這小酒坊的精神意義我又特別寫了兩行詩：歌詠風華必以璀璨青春，典藏美酒盡在月光流域。曾經光臨過這小酒坊的朋友啊！時間就像這月光和河流一樣，它總是不停地逝去但又在人生記憶裡不停地湧現。

2015　南投

洛神花

　　洛神花可以生食，但最常見的就是曬乾後泡茶，茶味偏酸但茶色紫紅通透美豔動人，有抗氧化，保護心血管和降血壓之功效，洛神花不知是否因洛神而名，我的直覺就是聯想起魏晉南北朝的建安才子曹植的〈洛神賦〉。魏時曹植入京覲見，返回封地路過洛水，於洛水山崖恍惚遇見洛水女神，洛神美豔動人，風華絕代，作者傾心愛慕但人神殊途只能徘徊依戀悵然若失。後人則信洛神就是現實中甄妃的化身，甄妃與曹植有一段情緣，卻因哥哥曹丕稱帝而被封妃，最後色衰失寵紅顏殞命，曹植當是在洛陽睹物思人，在洛水之濱有感而作。不管如何，喝著洛神花茶的午後，望著山崖雲彩虛無縹緲，手邊這杯紅顏似夢，想起曹植名作〈洛神賦〉以及建安這對才子和佳人。

2015　花蓮 兆豐農場

美麗的甲殼蟲

　　以前台南老家屋前也有蓮霧一棵，每到結果成熟時總是引來綠色的甲殼蟲（金龜子）成群覓食。炎炎夏日，在東台灣的花蓮，蓮霧在枝頭果實累累，樹下一隻美麗的甲殼蟲安靜地停留在兒子的手臂上，兒子生性良善也沒驅趕或加暴，那一刻我用iPAD拍下了這個畫面。近年台灣政經局勢每況愈下，最主要是民眾被政客操弄致族群色彩化，色彩對立仇恨加劇，民心失落之餘開始懷念過去，假如沒有政黨惡鬥以及政客作亂，其實台灣就像一隻小小的甲殼蟲，各種顏色兼具而融合於一身其實非常美麗。

2015　南投

三朵蓮花

　　朋友之中必有高中低。高人之言，虛心受教，如獲至寶。中人之言，耐心傾聽，必有可取。低人之言，靜心隨風，風過無痕。偶然遇見三朵蓮花佇立水中，高低錯落，想起周敦頤之君子愛蓮，想起諸多朋友如水中之蓮，形體高低各有不同，都是值得靜靜品味與欣賞。

脸谱色彩含义及其代表人物

红色：
忠勇侠义，如关羽、姜维。

黑色：
铁面无私，刚烈直爽，如包拯、李逵、尉迟恭。

白色：
阴险奸诈，如曹操、司马懿。

蓝色：
粗犷骁勇、桀傲不驯，如单雄信、窦尔墩。

关羽

尉迟恭

司马懿

窦尔墩

绿色：
鲁莽强横，如程咬金、公孙胜。

黄色：
骠悍凶残、诡计多端，如典韦、庞涓。

紫色：
忠贞耿直、果断沉稳，如廉颇、庞统。

金色：
虚幻之感，多用于神、佛、鬼怪，如二郎神、金钱豹。

程咬金

典韦

廉颇

二郎神

微信發送臉譜

　　2012年買了iPAD，但社群網站軟體「微信」卻不會用，當時正在看書，一本由當代中國出版社出版，莫麗芸編著的一本書，剛好書中有一章節在介紹臉譜色彩含義與代表人物，於是就用iPAD隨手拍了這張照片，試了老半天終於第一次成功發送到朋友圈。以前到北京也偶爾到各個劇院觀看京劇，當時對京劇人物的臉譜含義一知半解，讀完此書才略有所獲，於是就想分享給朋友圈，剛好微信的出現助了一臂之力，雖說京劇臉譜代表的人物以古人為主，但其含義何嘗不是代表著現代社會人物的形形色色呢！

2015　新竹

與元世祖合照

　　老同學其中之一的Anthony留鬍鬚了，他說長鬍鬚的過程一度很癢，不過長到現在這個程度，不管食衣住行育樂，已經不礙事了。他的一群好攝男女（攝影朋友社群）都稱他耶穌哥，我之前稱他大師周大千（畫壇大師張大千也留長鬍），某日三個同學剛好到新竹吃火鍋，吃完火鍋猛然抬頭才驚覺牆上也有一個留鬍子的，於是請餐廳小妹用iPHONE幫我們和忽必烈合照，聽說火鍋就是他發明的，當時蒙古行軍打仗，為了省時用鋼盔燒水煮熟肉片就食，也算是有緣，藝術家碰到軍事家，反正留鬍鬚的碰在一塊格外親切。

2014　上海

耶里夏麗之夜

　　冬日雨夜和老友Pony趙在上海耶里夏麗餐廳聚會，這家新疆餐廳以牛羊肉料理聞名，還有穿插歌舞表演，我們喝著葡萄酒吃著烤羊排，妙齡女郎腰上纏著一條大青蛇，在人群中穿梭熱舞，驚呼四座之際彷彿回到古代絲綢之路。當晚有感即賦詩一首以為紀念：「胡姬酒肆，歌舞正酣。寒冬雨夜舊友又重逢，葡萄美酒一杯，話語豪情不能盡。遙想當年，叱咤職場風雲，半生榮辱當寄來年新椏，猛回首，曲終人散，却悟離合如春去秋來。」

2015　深圳 寶安機場

時光隧道

　　深圳市原本只是廣東省南部沿海的一個普通城市，1979年鄧小平提出開辦出口特區，後於1980年改稱經濟特區，與香港一水之隔地理條件得天獨厚。深圳做為中國改革開放以來的第一個經濟特區，其歷經三十幾年的發展已變成一個現代化的工商大都會，是中國高科技城市的代表，這兒以創意，活力，速度和時尚著稱，因大部分是外來人口，這座城市展現了其特有的包容度與親和力。我於2001年首度來到深圳工作，見證了深圳的高速發展與經濟起飛，就像深圳的寶安機場一樣，這裡繁忙的貨物與人流是中國與世界的經濟之窗。短短的三十幾年原本的寶安機場一和二航站樓已經不敷使用，新落成的三號航站樓一開放每天旅客如織，充滿了現代感的蜂巢結構通透明亮，自然採光的節能設計展現了一個世界一流都市應有的水平，我已數不清多少回來往於這座城市和這個機場，這裡彷彿一個時光隧道，可以清晰地看到中國改革開放的歷史軌跡。

2015　深圳 寶安機場

未來出口

　　假如沒有1980年鄧小平於深圳成立了中國第一個經濟特區，今天的中國改革開放與世界經濟接軌可能就不會這麼快了。在深圳市區的蓮花山頂，佇立著鄧小平的銅像，意氣風發精神抖擻，很多人來到深圳專程登頂來向中國改革開放的一代領袖獻花致意，在此眺望深圳宏觀的都市建設見證中國快速發展的正確道路。做為中國經濟成長最快速的城市，深圳處處充滿活力與機會，這個年輕而朝氣蓬勃的都會因而有設計之都及創意之都的美譽。因應國際貿易的龐大需求，2013年11月新落成的深圳3號航站樓，標誌著中國經濟發展的一個高點，這裡設計新潮，人潮不斷，我從一條長廊遠遠望去，窗外的陽光耀眼奪目，這裡現在是中國對外貿易的櫥窗，同時也是中國邁向世界未來的出口。

2015　竹北市

永遠的鄧麗君

　　1953年生於台灣雲林的鄧麗君，祖籍是河北省邯鄲市。鄧麗君自學生生涯即開始展現其對音樂和表演的才華，離開學校參與電視台和唱片公司的演出後更是風靡全台灣，日本，大陸，東南亞，甚至整個華人世界，期間更是獲獎無數。鄧麗君熱心參與軍中勞軍活動，撫慰與激勵無數軍中當兵男兒的心志，被台灣封為永遠的軍中情人，在昔日海峽兩岸緊張對峙的鄧小平時期，大陸同胞透過錄音帶或廣播也陶醉於鄧麗君甜美的歌聲，因而有白天聽老鄧晚上聽小鄧的順口溜。鄧麗君雖以42歲的英年逝世於1995年，但至今她的人她的歌聲仍受廣大歌迷的愛戴與懷念，位於竹北市福興東路的風城之夜，是一家很有懷舊特色的客家餐廳，裡面的裝潢和擺飾收集了很多台灣光復早期的器物與雜貨，其中有一根原木電線杆上，貼著一張鄧麗君年輕時替汽水公司拍的廣告照，那青春洋溢的模樣和甜美的笑容，彷彿一代歌后鄧麗君都不曾離我們遠去。

2015　竹北市

民主法治自由

　　台灣在蔣經國時代曾經有很好的經濟成長，雖然當時一黨獨大，沒有像現在開放全民直選，但很多人一致認為當時社會穩定，經濟改善，族群相對融合。自從開放黨禁報禁後，雖然引進所謂西方民主政治制度，但自從蔣經國死後至今三十年下來，台灣在各方面顯得節節敗退，政黨惡鬥，媒體水平低落而煽動蠱惑，官商勾結嚴重，政府公權力不彰，族群嚴重對立，經濟成長衰退，教育改革混亂無章，貧富差距拉大並互相仇視，社會治安明顯惡化，社會道德與價值裂化與腐敗，凡此種種不禁令人懷疑台灣引進的西方民主政治已經失敗了。台灣學習西方的民主政治但只學了皮毛沒有學到核心，因此變成了一頭相當危險的民主政治怪獸。西方的民主制度精神在於人民遵守法治才能保障自由，台灣現在演變成民眾只想自由但卻不要遵守法治，如果我們民眾沒有此種素養和認知，西方的民主政治建在台灣也不過是空中樓閣或是海市蜃樓罷了。

2015　苗栗縣 三義鄉 勝興火車站

山中傳奇咖啡

　　從高速公路國道一號，三義交流道下，沿省道依指標十分鐘內可以到達勝興火車站。勝興火車站建於1906年，至今已超過一百年的歷史，它位於苗栗關刀山山麓，是台灣西部縱貫鐵路的最高點，目前火車已經停駛，而火車站仍保留著一棟日式風格的建築，附近還有一個火車隧道，此處種有許多楓樹和油桐樹。尤其每年五月前後車站附近的油桐花盛開，遊人如織，絡繹不絕。即便平時這裡也是踏青休閒瀏覽風景的好去處，來這裡可以吃吃客家菜，輕鬆地閒逛買一些客家小點心，車站四周山色青蔥，綠意盎然，停用的鐵軌旁有一家名叫山中傳奇的簡餐咖啡店，建築依著山麓而建，我特別喜歡在室外的樹下喝一杯咖啡，那年夏天涼風吹著座位旁的楓葉婆娑搖曳，這樣的咖啡有一種山林的情趣，雖然早已過了油桐花開的季節，但此地優雅休閒的景緻留給我一個未來的憧憬與念想，我想下次再來千萬要趕上油桐花開的雪白世界。

2015　新竹縣 芎林鄉 飛鳳山

飛鳳山的彩虹

　　飛鳳山位於新竹縣芎林鄉，因山勢像飛鳳伸頸，斂翼而飛，故得名。飛鳳山主要的步道叫觀日坪古道，古道兩側相思樹蒼天交錯，山風吹來翠影婆娑，強風之際呼嘯咆哮。山的最高點視野絕佳，建有一座觀日亭，此處往西可以眺望新竹平原直到西瀕海岸，尤其天氣晴朗時，海上光波瀲灩，金鱗閃耀，向北遠望天氣條件優良時，可以看到號稱台灣第一高的台北101大樓。該年盛夏我和五弟一起去爬飛鳳山，沿途山勢起伏崎嶇，來到觀日亭附近剛好休息喝水，涼風吹拂極目四野，眾多山友爭相遠眺台北101大樓，此時剛好天上彩虹乍現，我拿出手機拍下此景，難得飛鳳彩虹相得益彰，我和五弟隨後折返沿著古道下山，山下省道路邊有賣甕仔雞，雞醃香料後放入土窯用樹木燒烤，原汁原味相當特別，兩人飽餐一隻大雞後盡興而歸。

2016　竹北

最後的田園

　　時代的變遷總是滄海桑田，城市化的過程像一頭怪獸，把鄉野田園逐漸吞噬，代之而起的是柏油馬路以及一棟棟鋼筋水泥的高樓大廈。昔日青翠的草地，濃蔭的大樹，綠油油的農田以及蜂蝶到處飛舞的情景，一一消失在人們的生活和記憶裡，除非你刻意跑到鄉間田野，否則在喧囂的水泥叢林裡，這些都已經一去不返了。在一個城市的角落裡，有一小塊尚未被開發的土地，上頭種著蔬菜瓜果還有一些草坪，它就這樣被包圍在一片現代建築之中，旁邊剛在蓋著一棟尚未完工的樓房。看到這夾縫中求生存的農作物，我拿出iPAD趕緊拍下此照，用以記錄這個城市中最後的田園。這畫布中的唯一綠色，也不知能保留到何時，說不定下次我再路過，便已是城市怪獸吞噬後吐出來的另一棟鋼筋水泥了。晉朝陶淵明歸去來兮尚能東籬採菊，如今所謂的現代文明，恐怕望穿雲端也看不到南山了。

2015　新竹縣 五峰鄉

夾縫中求生存

　　山野之中的這條小路，處於雪霸休閒農場山邊的坡地，修路的時候把路面和山壁都鋪上鋼筋水泥，但此處原本就是野花野草的生長地，未修路之前，這片山坡綠草繁茂野花齊放，如今變成一片灰白色堅硬無比的水泥牆。似乎此地原有生長的花草不肯離去，它的種子鑽進這水泥牆小小的縫隙，也就這樣堅強的活下來並且開枝散葉。一個秋天的午後我路過這裡，看到此一情景心中非常感動，一株野花頑強地攀立於垂直的水泥壁上，我用iPAD拍下此照，見證一個卑微生命的偉大奇蹟。

2015　上海

九層塔

　　九層塔此種香草植物真的不是浪得虛名,我只能說命名此植物的人是個天才,真是觀察入微而且極富想像力,因為此種紫梗羅勒長出花苞的時候,從側面望去就像一座中國式的九層寶塔。小時候台南老家門前就種了很多九層塔,也沒人管花開花落又自滅自生,母親有時做菜囑咐我去摘來。九層塔比一般西餐用的羅勒味道濃烈,現在已是台灣料理不可或缺的香料食材,有名的三杯雞,三杯中卷和薑絲蛤蠣湯都少不了它。九層塔為一年生植物,開淡紫色花,花開後結籽而株身枯萎,種子曬乾撒土播種又發芽生長,花開花落一年週而復始。

2015　上海

佛手柑

　　佛手柑取名相當形象，很像千手觀音的纖細巧手。佛手柑有著柑橘類水果特有的香氣，可泡茶或生食具有很高的藥用價值，西方則拿來提煉精油或香水。第一次碰到新鮮佛手柑因不諳其性，果皮加糖熬煮仍然相當苦澀，果肉晰白切片加蜂蜜當沙拉，味道微甜但仍略帶艱澀。朋友獻策說曬乾泡茶最為可行，下次可得好好一試。

2015　花蓮

心中有一首歌

　　入秋了，才開始回想夏日的匆匆離去。想起吉丁蟲、鳳凰樹、蓮霧、金鯉和芒果冰，想起太魯閣的溪澗和太平洋的波瀾。烈日原野裡，我只想在風中放歌，放一首蘊藏心中多年的歌，在那個屬於我們無憂無慮的季節。啦……一直想對你說，我鋼鐵般的心其實有著最溫柔的一首歌。

2015　上海

秋天午後隨筆

　　最近世界局勢詭譎多變，時事總是令人難以預測，倒是露台上春天播種的羅勒，秋天忠實地開花了，午後隨手拍了照片順便寫了時事感言。「東西大國博弈，美俄冷戰復燃，日本右翼蠢動，歐洲難民流離。菲國總統痞子，希臘領導無賴，中國經濟下行，美國升息難料。香港股市奄奄，台灣政壇洶湧，唯有牆隅羅勒，花開花落依然。」

2015　土耳其小旅館

小旅館的茶几

出外旅行隨遇而安，吃住只要安全衛生，不管住大飯店還是小旅館，各有不同的風味和體驗。大飯店固然設施完善配備豪華，然而有時小旅館卻細節精美溫馨宜人。儘管房間不是太大，這家土耳其小旅館有著質樸的木格窗和繡著花紋的白色紗帘，窗邊擺著一張圓形的小茶几鋪著也是白色花紋的桌巾。陽光從外面的小花園映著紗窗，我放下行旅用手撥開窗帘讓陽光穿透進來，徜徉床沿望著窗外，我的心沉睡在一個寧靜的午後，一個窗邊靜靜結著無花果的土耳其小旅館裡。

2015　土耳其 番紅花城

番紅花茶

　　番紅花號稱全球最貴的香料，其原產地就在中亞一帶，土耳其和伊朗皆是產地，土耳其昔日的番紅花交易重鎮至今還保留他的盛名叫番紅花城，番紅花輸入歐洲後成為餐點染色和調味的要角，尤以南法名菜普羅旺斯魚湯最負盛名，而番紅花城卻保留最原始的泡茶食用方法。只要四根番紅花的雄蕊便能泡出一杯金黃澄亮的番紅花茶，味道很難形容有一種離迷誘惑的香味，我怕喝多了恐會上癮。落日的餘暉引得遊客搶拍美景，而我卻想慢慢獨享一杯令人魅幻的茶湯，在晚風中療癒著旅程的疲憊。

2014　新竹

手環的崩解

　　這是一個貝殼手環崩解後的原型。有一次去澎湖旅行買了一個貝殼手環，澎湖這個島嶼盛產魚蝦貝蟹，當地居民把貝殼切割加工，在每小片貝殼上鑽一個小洞，然後用細繩把貝殼片一片一片串起來，就成了一串非常雅致漂亮的貝殼手環了。日前長跑去三義木雕老街閒逛，老街裡木雕作品琳瑯滿目，唯獨一個店家販賣仿古代鈞窯釉色的陶器製品，作品多為實用的生活器物，我買了一些杯子，茶壺和碗盤，和老闆閒聊甚歡，臨去老闆送了我一個樹葉造型的器物。澎湖帶回的貝殼手環隨手放在這個器物上，因為不小心把手環的細線弄斷，小片貝殼崩解散落在這個帶著神秘色彩的陶器上，我才猛然發覺原來一個圓形的貝殼手環，它的原型竟是許多如玉一般的貝殼碎片。在現實生活裡我們也常常看不清楚事物的原型，因為現實的形體蒙蔽了事物的本質，有時破碎，崩解，毀滅或回歸才更接近事物的本質。

2015　日本 岐戶

雪崩的瞬間

　　拍照這件事牽涉太廣了，相機五花八門雖有差別但大同小異，倒是天時地利差別甚大，常常拍照的人一定知道，不但要眼觀四面而且要耳聽八方。相機的功能固然影響畫面的捕捉，但時間掌握得宜，應用簡單的拍攝裝置，依然可以捕捉相當動感的畫面。這是二月中旬，位於日本岐戶縣白川鄉的合掌村早已雪花漫天，籠蓋四野，此地因獨特的村落風情和建築景觀，於1995年被聯合國教科文組織登錄為世界遺產。我有幸和家人及同學Adam夫婦前去造訪，在合掌村閒逛時路過一間日本傳統的木造建築，忽然耳邊傳來一陣撕裂聲，我基於拍照的敏感度，馬上從包裡掏出iPAD打開相機按下快門，木屋上過重的積雪從屋簷處崩裂的瞬間，剛好被我逮個正著，冰雪從崩裂到掉落屋簷也就一至兩秒鐘，我很得意冰雪飛舞的瞬間被我定格在此畫面，或許攝影最大的樂趣就是這樣的一種可遇而不可求，一種心神照會瞬間即永恆的感覺。

2015　新竹 雪霸農場

新年登雪霸

　　我想很多人有同樣感覺，當今的台灣電視節目乏善可陳，媒體更是缺乏深度亂象扭曲，成為政黨鬥法的角力場，倒不如拒絕此種資訊輸入，到戶外走走來得健康。冬天的雪霸農場，楓葉落了，山茶花開了，野鴿子靜靜佇立著，新年時節上山去喝一杯咖啡，心中難免有些感慨，於是賦詩一首方得釋懷。「雲霧咖啡，大霸尖山下，蒼擁蔚藍，遠翠疊障，青楓紅遍雪山谷。山茶花，似紅顏，野鴿深鳴次第開，紅山果，黃葉間，密倚窗欄松風破。眺望新年，藍綠亂影如幻，可憐素民丹心無底。山蒼又野茫，何去復何從，願隨風撥了雲霧，靜還青山本來面目。」

2015　日本

紅葉如醉顏

　　和同學Adam一家同遊日本剛好立春之際，立春之際雨水始降，紅葉帶雨特別豔紅嬌媚，雖然天生為葉，但此刻繁花寂寥，誰能與之爭鋒。不羨花朵被蜂蝶簇擁，綠葉自有它的春天，望她悠然佇立一隅，有如酒後醉顏，我想錯過此刻也許此生無緣，於是用iPAD拍了這張照片。雖然季節不同，樹葉不同，但今古情境也能相通，這令我想起唐朝杜牧的一首詩〈山行〉：「遠上寒山石徑斜，白雲深處有人家，停車坐愛楓林晚，霜葉紅於二月花。」

2015　新竹縣 竹北

最後的春天

一個晴朗的冬日午後，白色的積層雲佈滿了藍色的天空，遠處幾棟白色的大廈高聳入雲，曾經的野草荒地不斷的被擴建到城市的邊沿。一處新的工地被藍色的鐵皮圍牆圈起，標誌著這片荒地的野花小草，不久就會被鋼筋水泥覆蓋淹沒，牽牛花似乎感覺這一結局的到來，不肯向命運低頭，無論如何也要綻放此生僅有的青春。我開車經過目睹這一幕，特意停車拿了手機拍下這個冬季裡，堅韌的野花最後的春天。

2015　苗栗 三義

落葉的歸宿

　　黃葉不管如何堅持，冬天來了終究要離枝。如果飄落已是不能改變的命運，那麼就讓它枕落在一塊斑駁的石頭吧！它在那裡風吹日曬雨淋沉默不語，不知是等待誰的到來？一個冬日的午前，陽光柔煦，黃葉不知何處是最終的歸宿，但我感動於一塊石頭當下的一枕之緣。從三義交流道約五分鐘即可到達三義木雕博物館，那而展示著三義名家的各式木雕作品，博物館旁邊有一條山林小徑，沿著幽靜的小徑登高前行，盡頭有一大片茶園，茶園路旁樟樹茂密成行，路邊大石相倚排列，坐在大石上喝茶吹風，眺望遠山，青山如黛，此時黃葉飄落倚枕大石，有感生命之歸宿與機緣，拿起手機拍照當下。

2015　北京

舊貨與假貨

　　想搞古玩的一定得到北京潘家園舊貨市場鍛鍊鍛鍊再說。很多人說北京潘家園遍地假貨，其實也遍地是寶，從石器時代的器物開始，黑陶，彩陶，青銅器，唐三彩，青花瓷，紫砂壺等，真是琳琅滿目，彷彿中國五千年的文明產物全部濃縮于此，保證讓你逛到兩腿發軟而且眼花繚亂。其實這也是消磨一天時光的好去處，管它是舊貨還是假貨，淘一些自己鍾意而且價格滿意的，其實就是寶。我挑了一個仿古的鏤空雕花銅香爐，和賣家廝殺一回，終於以人民幣六十元握手成交，一路捧著回家如獲至寶。

2015　南投

台灣第一伴手禮

　　鳳梨酥，有圓形，方形，矩形，色澤金黃宛若金磚。鳳梨台語取其諧音「旺來」，寓為好運到來之意，鳳梨尾部張揚帶刺，有人說像新人類的龐克頭，其實整體形象更像一隻飛舞的鳳凰故得名，大陸取名菠蘿，可能因其形狀類似一種菠蘿蜜的水果。鳳梨酥即用鳳梨餡做成的糕點，但餡有兩類，普通的是用鳳梨和冬瓜混合的內餡，此餡以甜味為主，而用單一土鳳梨餡做成的才是鳳梨酥的上品，此餡甜中帶酸，而吃鳳梨酥配台灣高山茶乃是行家吃法。根據統計微熱山丘這個品牌一年賣四億個，而一年讓顧客免費試吃的數量也超過四百萬個，這個商家發跡於南投八卦山脈一棟三合院的老宅，每到假日遊客排隊購買盛況空前，如今台灣科技產業每況愈下，而鳳梨酥似金磚，卻逆勢成長一枝獨秀成為台灣第一伴手禮，也算是另一個台灣奇蹟。

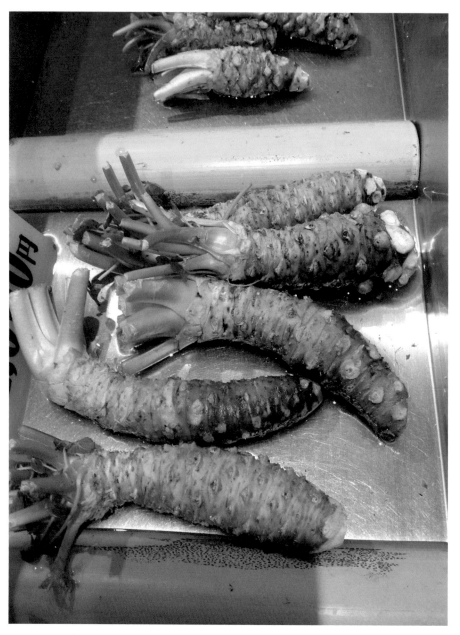

2015　日本 靜岡縣

生魚片之魂

　　山葵或稱綠芥末，日本發音為哇殺米，味辣而嗆鼻，吃生魚片若無山葵醬便覺索然無味，如人失魂落魄，身體便如行屍走肉。而三片山葵葉兜成的圓形飾紋，乃十六世紀統一日本帝國的幕府將軍德川家康的家族飾紋。山葵醬有兩種，普通是山葵曬乾磨成粉再加色素調製而成，味道嗆辣刺激，上品是生山葵直接研磨成泥，味道微辣帶甜較為溫和。日本產的山葵多用水耕法即種在河道邊利用水流耕種，其中靜岡是主要產地，台灣產的則是土耕法，種在以阿里山為主的山林土壤，其營養價值和口感更勝日本一籌。吃生魚片沾點山葵醬和醬油成為一種標準吃法，不知是德川家康家族發明吃生魚片沾山葵醬，還是日本人喜歡山葵醬源於表彰德川家康的豐功偉業。

2015　日本 長野縣（信州） 白樺湖

白色戀人

　　每年二三月如果想去日本北陸旅遊賞雪，位於日本長野縣白樺湖溫泉度假村內的池之平溫泉飯店會是一個不錯的選擇。這裡是長野縣最大型的度假中心，坐倚優美恬靜的白樺湖畔和眺望綿延不絕的山巒奇峰。白樺湖因湖畔遍植白樺樹而得名，每到冬天樹葉落盡只剩白色斑駁的樹幹和枝椏，湖面結冰，遠山積雪，極目四望，白色茫茫。湖畔早已冰雪覆蓋，兩棵白樺樹相倚佇立，望著遠處雪山天光乍現，真像一對冬季裡的白色戀人。我漫步湖畔雪深及膝，望此情景不能言語，於是屏住呼吸拍得此照，深怕驚動了一段有情天地的冰雪奇緣，我想這是我用iPAD拍照最令我感動的照片之一了。

2015　蘇州

放肆一回春天

　　是花，春天就該放肆一回，是人，此刻就該外出踏青。你來與不來，花兒依然絢爛如昨，花開花落不待人，見與不見皆是緣。蘇州三月，滿城花開，此種垂枝海棠一旦肆放，一樹便是花海，即便蜂蝶擁至也是眼花繚亂。騷人墨客自古歌詠春花無數，面對此景我已然無酒自醉，飄飄然想吟首詩，唐朝杜秋娘的〈金縷衣〉就呼之欲出：「勸君莫惜金縷衣，勸君惜取少年時。花開堪折直須折，莫待無花空折枝。」這年春天總算沒有辜負，拍下此景銘記此刻，雖華髮早生，心情卻感覺像昨日年少。

2015　上海

驚蟄

　　驚蟄過後，雨水始降，萬物開始甦醒了。花盆裡，薄荷、迷迭香、地榆、百里香、荷蘭芹、小茴香、香蜂草，冬眠過後，突然醒來，至於紫蘇、羅勒，去年蜂蝶簇擁的盛況，已經一去不返了。你若懷念那個絢爛花開的夏日，現在正是親手播種的季節，雨水在屋簷垂垂作響，白頭翁在窗外悠轉鳴唱，彷彿不斷叮嚀著，莫要辜負了春天。其實只要有個露台或陽台，買幾個花盆和一些香草種子，在驚蟄之際施撒下去，很快到了夏秋，大自然就會回贈給你一個香草花園。

2016　苗栗

逆光的大樹

　　在一個微雨的山坡，我在一棵逆光的大樹下低頭躲雨，山霧從山坡下一直蒸騰漂浮，我才驚覺這棵老樹綠蔭如此茂密寬大，以致於不曾感覺有任何雨滴打濕我的衣裳。樹是如此巨大，我的手機無法攝入全景，白霧從樹蔭中忽隱忽現，我趁著霧未散之際匆匆記錄了它的身影。曾聽一位禪師說，樹能長得高大而長壽必有很強的生命能量，因而擁抱大樹，精神舒爽心情愉悅，自從聽此一說，每遇大樹我總會擁抱一下，算是一種難得的生命機緣。

2016　苗栗

旱地花開

　　這一片乾旱的土地，在冬日除了少數雜草，只有一株野菊迎風花開，沒有花開就沒有希望，野菊的堅毅終於有了回報，有一些枯萎的花朵已開始結子，生命為延續找到了出口。和人生一樣，遇到艱困落魄只有堅持到底才能柳暗花明，小草尚且絕地求生，何況天生花種呢！看到此幕，我心生感動，從口袋掏出手機拍下此照，做為激勵自己人生的一個小小收藏信物。

2015　北京 袁崇煥墓

北京袁崇煥墓

　　北京著名景點平時已是人聲鼎沸，到了節日更是摩肩擦踵，唯獨坐落於北京城南廣渠門附近的袁崇煥墓，即便節假日也是訪客稀疏。袁崇煥廣東東莞人明末進士，立志從軍報國而由文臣變為武將，因智勇雙全成為滿清前身後金皇太極入主中原的心頭大患，昏聵的明朝崇禎皇帝誤信皇太極的反間計，竟判袁崇煥通敵罪並以凌遲處死，北京城民因此恨其叛國並爭食其肉，袁崇煥的碎屍萬段也標誌著大明王朝的崩潰滅亡，直至清朝乾隆帝感於袁崇煥的忠貞志節才替其平反。袁之昔日部下佘姓義士，當年冒死把袁崇煥的頭顱埋葬于現址之自家屋內，北京城改建時此處是毛澤東特批保留的唯一城內墓地。那年正月，我帶了一瓶二鍋頭祭灑於袁大將軍墳前，寒冬蕭瑟而蒼柏依舊，我佇立良久不勝噓唏，墓碑斑駁而樹影飄搖，四顧無人，寂靜蕭穆，這裡是我北京旅遊最傷感的地方。

2015　苗栗縣 三義 龍騰斷橋

龍騰斷橋

　　從苗栗縣三義下交流道再開車五分鐘可以到達勝興車站，那裡曾經是台鐵支線的一個過站，附近遍植油桐樹，每年五、六月桐花盛開遊人如織，再往前開車五分鐘即到達龍騰斷橋。龍騰斷橋原來是由紅色磚拱造型的橋墩和大跨距鋼樑所構成，其特殊結構與美麗造型在建成之後被譽為「台灣鐵道藝術極品」。一九三五年台灣關刀山大地震，地基反覆位移，龍騰鐵道大橋橋身嚴重損毀，因安全之虞之後拆除鋼樑，只留磚拱橋墩屹立於於青山翠谷之中，成為台灣鐵路舊山線歷史的一個特有地標。冬日陽光柔煦，斷橋下面開滿鮮紅的扶桑花，橋墩頂上長滿芒草和小樹，我站在橋下仰望天空，宛若一條蛟龍翻騰於碧海白浪裡，這裡曾經火車隆隆過往，它快速跨過龍騰大橋，跨過台灣歷史那段無法毀斷的時光隧道。

2015　新竹縣北埔

蜘蛛的手稿

　　在新竹往竹東方向經由省道可以到達北埔，北埔市區邊上有一座秀巒公園，乃紀念北埔早年的開拓者姜秀巒而名。秀巒公園昔日是漢人和番人交界的地界，此地由北埔向外遠眺，山巒疊嶂，翠影如畫。環山路上兩邊斜坡種了很多柿子，每到成熟季節，紅色果實綴滿翠綠山林，這也是北埔的名產之一。當年盛夏我在秀巒公園山路旁悠哉閒逛，山風吹來暑氣全消，路旁土坡有一隻彩色大蜘蛛結網倒掛，涼風吹著蜘蛛網搖曳如浪，蜘蛛在網上寫了兩行英文，我駐足很久蹲下來仔細看，才讀懂蜘蛛的手稿：「LEAVE MY WAY」意思是：「我正在捕蟲呢！別擋路。」

2015　新竹

鳳凰花開

　　在新竹下高速公路交流道，往市區的光復路上，位於馬偕醫院附近的赤土崎地下停車場，停車場地上開闢成小公園，這是一個非常智慧型的設計，兼顧市區停車與綠化的功能。公園裡種了一些鳳凰樹，每年六七月鳳凰花開，涼風吹拂枝條搖曳，好似一群飛舞的鳳凰。這般情景會令很多人憶起，畢業驪歌鳳凰花開，記得當年在南部讀小學，學校操場邊上空地種滿了又高又大的鳳凰樹，鳳凰樹的果莢又長又硬很像一支迴力鏢，每年夏天放暑假前鳳凰花開，燦爛如火，男同學們用果莢甩向天空，把枝頭最美麗紅火的鳳凰花瓣打下來，夾在書本內頁幾天取出，鳳凰花瓣乾燥輕盈，活生生像一隻飛舞的彩蝶，這些彩蝶都是用來送給心儀的班上女同學的，這也難怪畢業之時，鳳凰花開驪歌初唱，大家都哭得泣不成聲。

2015　苗栗縣 銅鑼鄉 （桐花公園）客家大院

五月雪

　　油桐樹原產於長江流域，由日本人引進台灣種植，台灣北部山區尤其新竹苗栗一帶廣植油桐樹，每年四至五月油桐盛開，油桐花潔白如霜，花落風吹有如滿山飄雪故名「五月雪」。由高速公路一號下苗栗交流道，往大湖方向可以到達銅鑼鄉的桐花公園，桐花公園內建有客家大院傳統建築，當年四月天氣暖和桐花早開，遍地落花有如積雪，有心人收集桐花排成心形鋪於草坪，白花簇擁碧草如茵，好似待嫁新娘明亮的婚紗。我於園中閑庭漫步，山風一吹桐花紛墜如雨，不覺隻身已浸花海，我緩趨前行深怕踩到桐花，陽光明媚一朵桐花粘在我的褲管，遂掏出手機拍照當下，作為一個白色夏日純淨的懷念。

2015　新竹 鳳崎步道

鳳岐落日

　　鳳岐步道位於新竹，是竹北到新豐的一條環山步道，景緻優美視野極佳，沿途步道蜿蜒起伏，攀爬上下頗能起到健身筋骨之效，滿山相思樹綿密林立，從兩樹間隔可以近瞰竹北平原，遠眺南寮和香山，步道向西而行，趨近盡頭可以看到頭前溪的出海口。每到日落黃昏，彩霞滿天雲影如幻，而後一輪紅日西沉大海，倦鳥陣陣歸巢，山風悠然而萬家燈火，頗有唐朝王勃「落霞與孤鶩齊飛，秋水共長天一色」的詩境，這就是有名的「鳳岐落日」。那年夏日一個晴朗的下午，我和五弟同遊鳳岐步道，在相思樹林裡跳來一隻綠色的大蝗蟲，安靜地停在我的鞋上，沐浴著溫暖的陽光，算是有緣，我掏出手機拍下這一幕，此刻清風拂面，山徑無人，也許牠是慕名而來，和我們同遊一睹鳳岐落日吧！

2015　深圳 東莞 觀瀾湖球場

球場上的影子

　　位於深圳的觀瀾湖高爾夫球場成立於1992年，這是中國最高端的高爾夫球場，也是吉尼斯記錄中的世界第一大球會，擁有216洞，12個世界高球明星設計的球場。我2002年開始剛好在深圳工作，因此常有機會和客戶或朋友一起打球，度過許多美好的假日。球場位於青山翠谷之中，空氣清新視野遼闊，天氣晴朗之日更是風和日麗，舒暢怡然。打球除了活動筋骨，且能與三五好友在綠地上步行談心，是一種很好的社交活動。也很多人喜歡賭點小錢增加一點樂趣，球場上互比高低原本也是一種雄性動物一較高下的本能，不過輸贏無傷大雅，打完球，洗完澡，大夥又一起吃飯喝酒唱歌，此種樂趣也是高爾夫迷人之處。冬日下午天氣極好，我和好友Henry劉及他的一個朋友一起打球，午後的陽光穿透翠綠的樹林，長長的樹影躺在綠草如茵的球道上，我剛好打球走過此地，停下的時候，自己的影子彷彿巨人誇張地佇立一旁，我從口袋拿出手機記錄了此一難忘的時光與好友的球敘。

2015　新竹

完美曲線

　　香蕉和橘子兩者有何關聯？除了成熟前皮是綠的成熟後皮是黃的，這一點兩者相似外，其餘形狀，味道，口感皆不一樣。不過你把他們兩個靠在一塊，你會發現這是一個完美曲線的組合。有時人與人之間也是如此，每個人的特質和個性迴異，有些人靠在一起格格不入，衝突不斷，那是一種生命本質的曲線不和，如果嘗試把兩人磨成一種互相遷就的曲線，必定傷痕累累而且失去原本的自我。香蕉是不可能變成橘子的，橘子也不可能變成香蕉，如果你是一只香蕉只能找一顆橘子，靠在一起有一種天然的曲線組合，天然就趨完美，不用刻意人工打造。

2015　深圳

冰裡的馬鮫魚

中國人開餐廳和外國開餐廳最大的差別，在於除了有菜單的餐廳拿菜單點餐外，還有一種餐廳尤其是海鮮餐廳，沒有菜單客人跑到一大堆各種海鮮面前，指著目標告訴寫菜員就搞定了。此種海鮮餐廳各種魚蝦蟹貝五花八門，客人根據個人需求分量可多可少，按量計價比一般餐廳以份計價更有彈性，食材目視可及，點完一輪後令人開始飢腸轆轆。深圳的樂園路此類海鮮餐廳沿路林立，追求生猛海鮮的飲食男女絡繹不絕，一隻冰鮮的深海馬鮫魚靜靜地躺在白色的寶麗龍冰盒裡，只剩鐵灰色的魚頭露出冰面，我一面點菜一面用手機拍下此幕，雖說彩色拍照但面對一個主體黑白的對象也只能是一張黑白照。和人生一樣，心中的色彩決定外在的表象，這令我想起佛家說：「色即是空，空即是色」，一切有形有相的都叫色，而能看透這色後面的本質就叫空。

2015　桃園機場

機場裡的燈籠

　　出差，工作，訪友，探親，旅遊，許多人或許和我一樣，已經數不清多少次進出機場，一個離開的起點，也是一個到達的終點，經年累月的週而復始，有時也搞不清楚到底是離開或是到達。是年冬天接近過年，再度進入這個陌生又熟悉的機場，陌生的是台灣最近二十年來政治經濟每況愈下，社會氛圍充滿族群仇視，政客媒體卑劣愚民，身為知識分子卻無能為力，有時真想逃離一個讓人漸漸陌生的小島。曾幾何時，以前那些熱情善良的人們，怎麼變得如此的冷漠而對立，而那兒的山巒海水，城鄉小鎮，田園故鄉，以及親戚朋友，那個讓我出生和成長的地方，一直又是那樣的熟悉和無法割捨。機場走道吊著幾盞紅色的花鳥圖案燈籠，讓這個溼冷的冬天增添幾分暖意，懷著念想閃過心頭，隨手拿了iPAD拍下此照，但願像這燈籠微弱的火光，能讓小島子民在黑暗中摸索出一條明亮的道路。

2015　土耳其

好攝男女

　　第一次去土耳其是某個夏天，和一群愛好攝影的同好，這群同好有一個網站社群名叫「好攝男女」，這社群裡面的朋友來自各行各業，但個個都是攝影能手，身手矯健，熱情友善，領隊劉教官更是上山下海不辭辛勞，有幸和他們一起在土耳其攝影，其中甘苦皆有但樂趣頗多。有一天劉教官帶著大夥，在土耳其一個地貌奇特的地點攝影，當日陽光明媚，藍天白雲，好攝男女見獵心喜，每個人亮出行頭，使出渾身解數，沒想到「螳螂捕蟬，黃雀在後」，我這隻黃雀菜鳥從包裡掏出iPAD，咔嚓拍了這張紀念照。山坡上一群人由低往高排列，長長的黑色身影斜躺在光禿禿的石土上，最上面的幾個人則彷彿頂著天上濃密的雲團，形成了一張有趣的畫面。攝影的樂趣就在於，同一地點每個人的標的物不同，即或標的物相同，但角度或聚焦不同，華山論劍互相比武，好攝男女樂此不疲。

2015　土耳其

土耳其戰利品

　　土耳其，地處歐亞大陸的交界是個農業大國，農產品和畜牧產品豐富，手工藝產業發達，其中陶瓷手工藝品，玻璃手工藝品，銅錫手工藝品，絲織品和羊毛地毯等琳琅滿目，到處皆有販售。而香料，堅果，乾果，水果軟糖等美食更是目不暇給。因為地理上的因素，土耳其自古便是歐亞貿易和文化的交流橋樑，第一大城伊斯坦堡曾是東羅馬帝國的首都，世界三大美食王國，土耳其也是其中之一，其風格兼具歐亞飲食的特色。在陶瓷製品上，土耳其藍這個顏色是其特色，這個顏色和中國的「青出於藍而勝於藍」，有異曲同工之妙。而鬱金香，康乃馨，玫瑰是最常出現的花朵圖案。我買了盤子，碗，咖啡杯，馬克杯，糖罐，奶壺，花器和烤肉叉，作為我在土耳其上山下海的戰利品，我用iPAD對它們拍了一張合照，算是第一次征戰土耳其的一個紀念，這個國家人文豐富到處美食，是個值得再度旅遊攝影的地方。

2014　台南學甲

珠頸斑鳩

　　台南故鄉老家鄉下，多年前三哥種下的柚子如今高過屋簷，每年中秋節過後滿樹果實累累，物換星移時代變遷，鄉下人口遷往城市，如今已是人煙稀疏，倒是鳥類逐漸回歸鄉野，又開始繁衍生息。柚子樹甚少採收遂變成珠頸斑鳩的棲息地，珠頸斑鳩是一種形體像鴿子但比鴿子稍小的野鳥，其頸部有鮮明的羽毛花紋，就像頸部帶著一串珠子故名之，台灣鄉野多有其蹤跡。有一年回老家，看到柚子結滿枝頭，和大哥拿了梯子準備採收，無意間發現樹上鳥巢一個，裡面有鳥蛋一枚和剛孵化的小鳥一隻，而一隻珠頸斑鳩卻在枝頭跳躍徘徊。怕鳥媽媽過度驚恐，我快速採收了一堆柚子並拿iPAD拍下此幕，然後就此離開。開花結果，如同柚子成熟，相信很快天空中又會多出一對對飛翔的翅膀。

2014　台南 學甲 錫園

錫園鳥屎柚

　　台南鄉下老家舊屋凋零，多年前由大哥繪圖委大表哥施工整建翻新，完工後以紀念父親名為「錫園」。屋旁柚子雖然果實累累卻也逐漸變成野鳥之家，野鳥經常棲息於此柚子果皮總是鳥屎斑斑，故採收後家人皆戲稱為「鳥屎柚」。鳥屎柚洗淨果皮，切開來果肉潔淨白皙略帶粉色，吃起來甘甜多汁，是屬於紅柚，完全不受外表慚愧影響，家人食後反思一致認為，反而得助於樹下鳥屎滿地，這一有機天然肥料成就了「錫園鳥屎柚」的甘甜滋味。世事得失有時難料，塞翁失馬焉知非福，我把收成的鳥屎柚堆滿了屋簷下的太師椅，隨手拿iPAD拍了一張，但願錫園明年此刻依舊，鳥屎斑斑果實累累。

2016　苗栗縣 通霄鎮

通宵花海

　　冬日,在北國早已冰雪封天,但位於台灣苗栗通宵鎮的鄉野,卻是花海如織有如繁星下凡。從國道二號高速公路下通宵交流道,往通宵鎮方向接台1線過通宵隧道,左轉苗121縣道往飛牛牧場方向,沿路兩旁花田連綿,美不勝收。大面積種植波斯菊,向日葵,油菜花的通宵花田,你可以漫步田間置身花海,感受一種生命燦爛開放的活力,放眼四野渾然忘我,彷彿青春可以從頭來過。通宵這個地名取得很有意思,記得小時候元宵節在家鄉猜燈謎,「心有喜事,夜不能寐」射一本省地名,即是通宵。舉目望去,花田連畦,我驅車路過,見田埂遠處有老樹一棵,便停車路邊漫步田間,站在樹下眺望,花朵搖曳風中,順手拿手機拍了此照。通宵,這個地名本來就引人遐想,如今花海無邊如夢如幻,有幸來此一遊,感覺更加青春浪漫了。

2016　苗栗縣 通霄鎮

飛牛牧場

　　位於苗栗縣通霄鎮的飛牛牧場佔地120公頃，是北台灣難得的大型休閒農場。綠草如茵，樹林蔥茂，山坡起伏，視野遼闊，這裡豢養了牛、羊，可以讓人餵食，是很受小朋友歡迎的野外郊遊好去處。除了踏青，漫步牧場，還可以放風箏，買杯咖啡坐在草地，置身綠野山坡，非常舒服，不過癮的還可以在此露營，做飯，燒烤。隱秘於寧靜山區，來此讓你遠離塵囂，享受一種天寬地闊的悠閒時光，不管陽光，山霧，微雨，只要懷著隨遇而安的心情，相信都會怡然而自得。

2015　上海

醉花陰

　　我的一個好友Pony趙以前也是從事高科技產業的，後來改行做文創產業，專門開發販售沉香和茶文化相關的生活用品。有一次我拿了一箱法國二級酒莊的葡萄酒和他換了一個鑄有神獸圖案的銅香爐和一些沉香，讀書時點著沉香放入香爐順便喝杯茶水，不由想起宋朝才女李清照的一首詩〈醉花陰〉：「薄霧濃雲愁永晝，瑞腦銷金獸，佳節又重逢，玉枕紗廚，半夜涼初透。東籬把酒黃昏後，有暗香盈袖，莫道不銷魂，簾捲西風人比黃花瘦」。瑞腦是古代香料名，是用芳香植物提煉的，效果類似沉香此類香料，古人把它放入鑄有神獸圖案的金屬銅爐中焚燒，青煙從神獸嘴裡吐出，扶搖繚繞，滿室盈香。這是古人安神定氣，修身養性之道，現代人生活步調緊湊繁忙，難免心浮氣躁頭腦雜亂，也許古人的智慧值得借鏡。我不抽煙，但我喜歡神獸吐煙的模樣，似乎心中的雜念和晦氣也隨之一吐而盡。

2014　台中　惠蓀林場

山林裡的咖啡

　　位於台中的惠蓀林場是一座佔地相當廣闊的實驗林場，裡面遍植各種植物花草，吸引各路蜂蝶蟲蟻，形成一個生機相當活躍的生態環境。不過由於隸屬公家單位，在經營理念和模式上趕不上時代需求，裡面的住宿和餐飲顯得相當老舊和不合時宜。有一個夏日雨夜，好不容易開了很久的山路才抵達林場，不料錯過晚餐時間，餐廳閉門謝客，住房旁投幣的自動販賣機也空空如也，想吃碗泡麵也無法如願，在此，人的經營管理不善和自然環境優美形成極大落差。所幸隔日風和日麗，蜂蝶飛舞，林場種有咖啡，在這幽靜山林能有一杯咖啡倒是令我感動。我買了一杯咖啡和卸下沉重的單眼相機，坐在戶外的原木木條上，綠草如茵，蟬鳴鳥叫，清風吹來，翠影扶疏，我另外帶了iPAD拍下此照，就像人生有得有失，山林裡雖諸多不便不盡人意，但此番悠閒愜意卻又是便利的喧囂城市裡求之而不得的。

2016　竹北

電線上的麻雀

　　記得小時候鄉下最常見的鳥類就是麻雀了，常常成群結隊飛行於鄉野之間。麻雀雖然也啄食農作物，但牠也會啄食一些害蟲，整體而言算是益鳥。過去麻雀曾經被誤解而慘遭一場災難，在毛澤東時代大陸一度糧食欠缺，為了減少農作物損失而發起大規模的捕殺麻雀運動，結果麻雀數量銳減，蝗蟲因沒了天敵而大量繁殖，之後引發了大規模的蝗蟲肆虐，造成更大的糧食欠收，經過此事件，人們才真正了解麻雀在自然界食物鏈中的價值。我的一個朋友Tony胡，他的工廠位於鄉野之間，我有空常去那兒喝茶吃便當，一個冬日的午後，霧氣瀰漫整個田野，剛收割後的稻田路邊，麻雀成群結隊的站立在電線上，好像在慶祝一個豐收的季節。麻雀飽食農民收割後掉落田裡的穀粒，集體停在電線上休息，看到麻雀悠然自得的情景，我也欣慰農民五穀豐登的日子，於是順手用iPAD拍下此一難得的畫面。

2015　新竹縣 五峰鄉

花朵裡的蜜蜂

　　剛買iPhone 6的時候恰好去雪霸休閒農場一遊，此農場位於新竹縣五峰鄉的山野深處，海拔1923米，臨近雪霸國家公園和觀霧森林遊樂區，裡面種有各種花卉和水果。這裡空氣清新遠離塵囂，除了遊園賞花還可以健行森林步道，悠然登高眺望四野，則山嵐游浮而雲霧飄渺，花開時節則色彩繽紛而香氣離迷，除了遊客爭相觀賞也引來無數蜂蝶簇擁。花季時節蜂蝶穿梭花叢忙著採蜜，根本無暇理會身旁遊人，我見蜜蜂於花蕊之中忙進忙出，拿起iPhone拍照，由於想測試新手機的照相能力，我嘗試做最大極限的靠近，蜜蜂鑽進花朵這張近距離的照片於焉誕生。雖然配備近拍鏡或長鏡頭的照相機可以拍出更好的畫質，但做為一種方便的通訊工具，用手機拍到一些生動的照片，對我來說也是一項生活的趣味，蜜蜂愛戀於花朵的甜美，而我則沉醉於此種情境的快樂，我和蜜蜂兩相忘我，在一個花開燦爛的季節。

2014　台南 學甲 慈濟宮

慈濟宮交趾陶

　　台南學甲慈濟宮始建于明永曆十五年，後於清康熙四十年擴大改建。傳明末清初福建泉州府同安縣白礁鄉民，隨鄭成功來台，迎家鄉保生大帝，謝府元帥，中壇元帥同渡台灣海峽黑水溝，移駕慈濟宮後屢顯神威，因而香火鼎盛至今不絕。慈濟宮最有名便是宮內壁堵上的葉王交趾陶，葉王本名葉獅，清道光六年生於嘉義民雄，清咸豐十年慈濟宮整修翻新，聘請交趾陶大師葉王創作壁堵和屋頂的裝飾。葉王創作之交趾陶多以歷史故事人物為主，從《封神榜》、《三國演義》、《二十四孝》、竹林七賢等等不勝枚舉，人物精細栩栩如生，色彩調和柔美，其作品曾於巴黎萬國博覽會大出鋒頭，被譽為東方絕技中華國寶。一代宗師葉王的交趾陶曾經遭竊，失而復得後現保存于慈濟宮旁的葉王交趾陶文化館，宮內牆上現在也有很多剪黏名匠何金龍的作品。交趾陶舊稱交趾燒，是一種低溫燒製而成的多彩釉軟陶，工藝難度高，真正能傳名後世的匠師極少，唯名師葉王之成就最受推崇。

2016　新竹縣 北埔老街

慈天宮石雕窗

　　位於新竹縣北埔鄉的老街是典型的客家古樸村落，此地除了有金廣福古跡，秀巒公園，還有一間寺廟叫慈天宮。北埔有很多特產，由柿子做成的柿餅，橙黃如金非常有名，東方美人茶俗稱椪風茶更是享譽國際的當地名茶，而我獨鍾情隆源餅行的芋頭餅，此餅行是一家百年老店。1985年我大學畢業後，剛好進入新竹科學園區工作，之後幾年有機會到北埔遊歷，吃過此店的芋頭餅便讚不絕口，一直念念不忘個中滋味，三十年後重遊舊地，餅店還在只是房屋翻新，令人感動的是芋頭餅還是原有的模樣與滋味。我買了芋頭餅順便到老街對面的慈天宮參訪，古樸的寺廟是客家子民的信仰中心，寺廟的牆壁屋頂有台灣廟宇傳統的剪黏，牆壁的窗戶是一堵石雕窗，雕刻著典雅的竹節造型，盛開的九重葛嫣紅美豔，有一株爬上了石窗上，午后的斜光流瀉窗邊，此刻是一個令人溫暖的時光，我有幸閒逛在一條不曾被遺忘的老街。

2013　苗栗南庄

落纓如雨

　　苗栗南庄自從清朝嘉慶年間就開始開發了，當地一度因為煤礦的開採而酒家茶室林立並建有幾家戲院，後來因煤礦停採而逐漸沒落。倒是留下來的南庄老街成為假日遊客懷舊休閒的好去處，在那兒除了享受山野風情，還可以品嚐客家美食和各式小吃。老街巷弄極窄，每遇假日人潮洶湧，摩肩擦踵，有一年春天，前去造訪路過一處民宅，牆角種的一棵九重葛正逢花開，花朵紅豔一片似火，山風吹來落纓分墜如雨，我陶醉於這樣的情景，何其有幸躬逢花開之盛，拿出iPAD拍下此景，心中自忖或許此地一別，今生再難巧遇一回如此風華正茂的驚豔。

2013　苗栗 南庄

山形玫瑰

　　從國道高速公路1號頭份／三灣交流到下，往三灣方向走苗124縣道經三灣，依指標可以到達山形玫瑰。山形玫瑰是位於苗栗南庄的一家咖啡民宿，隱藏於山野之中，這裡有一個非常美麗的花園，來此可用餐，喝咖啡或下午茶，置身於繁花綠葉環抱之中，此地還可以眺望青山觀賞雲霧，有時山嵐飄來眼前徘徊，寧靜不語時彷彿身處凡塵之外。主人除花草樹木種植用心外，室內外佈置也相當典雅，我有幸一遊沉醉於它的美麗花園，閑庭散步在屋外一隅時發現了主人獨有風情的地方，長滿青苔的石頭凹處，積滿了早上清澈的雨滴，花園摘取的各款鮮花，繽紛地漂浮在這小小的水窪。我忍不住拿出手機拍了此照作為紀念，作為一個他日還想再來一遊的念想，一個我在山野之中鍾情的秘密花園。

2016　新竹縣 北埔

冬日的金廣福

位於北埔的金廣福公館是清道光15年時，由粵籍人士姜秀鑾及閩籍人士林德修，周邦正在清朝官方支持下共同設立的武裝拓墾合股開發公司。某個冬日去北埔一遊路過這個古蹟，庭前梅樹光影掩映，有感而發作了一首名為〈梅〉的小詩以為紀念：「滿地的樹影是冬日斜陽的躬禮，昔日的國恩家慶，緊閉於一扇沉重的門扉，午後的梅花若開，它會知道你曾經輕撫著枝頭，佇立於寂寥的庭前，來了又走，就像春風吹過的隕落。」

2016　新竹 北埔

姜秀鑾公園

　　為了紀念北埔昔日的開拓者姜秀鑾，位於北埔老街的後山建有姜秀鑾公園，此公園遠眺青山並可以俯瞰整個北埔村落，園中古樹參天綠蔭蔽日，山邊的柿子園旁建有中式長廊一座。夏日來此涼風吹拂，眼前層巒疊嶂，在長廊內憑欄休息，暑意全消。若值柿子成熟季節則一眼望去，有如紅火萬盞。我喜歡在北埔老街閑逛時買些點心如綠豆餅，芋頭餅，柿子餅等和一些飲料，沿著慈天宮旁的小路漫步到姜秀鑾公園，拾階而上到達長廊歇息，一面欣賞美景一面品嚐當地美食，真是一種非常愜意的享受。冬日陽光明亮而柔和，一個媽媽帶著兩個小孩來此一遊，媽媽坐於長廊休息，兩個小孩好動活潑爬上爬下，在翻越欄杆的瞬間，我拍下了此一親子互動的畫面，冬日的姜秀鑾公園，這是一個溫暖的午後。

2015　台中

清流濯足

　　盛暑之際有什麼比清流濯足更令人涼快舒暢的呢？現代人要打赤腳的機會日漸減少了，所以出門遊歷只要情況許可，我便撩起褲管享受難得的裸腳放鬆，讓雙足在海邊，山澗，溪流，湖泊，瀑布或水塘進行親水活動。位於台中惠蓀林場裡面有一處溪流，水質清洌，流水湍急，該年夏日天氣炎熱無比，路過此地一灣流水晶瑩剔透，我撩起褲管站在溪流的石板河床上，流水快速沖擊著雙足，一股涼意瞬間由腳底串上全身，水聲嘩嘩，涼風颯颯，全身舒暢無法言喻，有一種掙脫束縛，如小鳥飛翔，如游魚潛江之自由自在感覺，我從口袋掏出手機拍此當下。

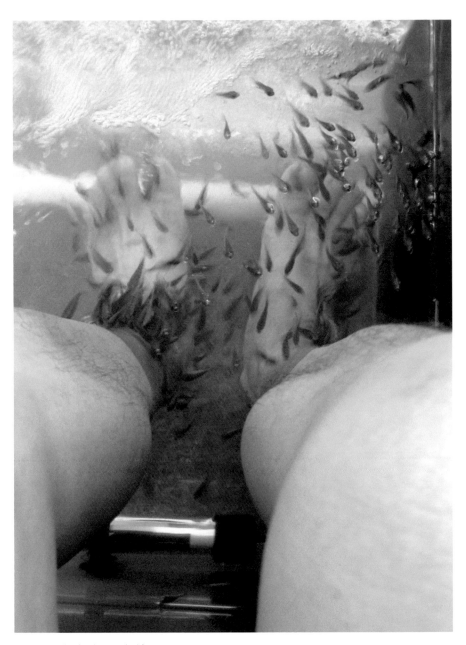

2015　上海 楓涇古鎮

小魚親親

　　有一次去上海附近的楓涇古鎮遊歷，那兒小橋流水垂柳依依，漫步青石街道或在河邊喝茶吃飯頗有江南風情，倒是逛久了有時也會兩腿發酸，夏日炎熱如何消暑，河邊有商家在水箱中置放小魚謂可以足療。我脫去鞋襪雙足浸入水箱，小魚一群在腳上親咬頗感瘙癢，足療效果應該沒有，倒是雙足放鬆清涼沁心，我拿出在古鎮買的折扇搧風自得，腳下魚兒遊來遊去，旁人路過見此情景，微笑點頭欽羨不已，我於是拿了手機拍下這一小魚親親得意圖。

2015　新竹 雪霸農場

小狗的幸福

　　有一個故事說，小學老師要小學生們每人發表一則爸爸今生的願望，很多小學生發表的爸爸的願望都相當遠大，其中一個小學生說，我爸此生的願望只有三件事，吃得下飯，睡得著覺，笑得出來，發表之後全班哄堂大笑，當時他覺得很難為情。長大之後他為了家庭和事業奔波，遇到不如意時常常吃不下飯，睡不著叫覺，笑不出來，這時他才了悟爸爸的願望是人生至理。冬日午後我驅車到達位於山區的一個農場，農場空氣清新視野極佳，裡面花朵盛開草木扶疏，我沿著步道瀏覽走訪看到一隻小狗睡在大樹下曬太陽，神情安詳悠然自在，我羨慕之餘不忍吵醒小狗美夢，躡手躡腳來到小狗面前拍了此照。曾經任職高科技產業公司，步調緊湊分秒必爭，一度我最大的願望就是退休後能睡到自然醒，面對此情此景我也很想當一回小狗，擁有和牠一樣小小的幸福。

2014　北京 袁崇煥墓

小貓的窗台

　　北京的冬天即便白天氣溫也常常零下，但是熱門景點遊客興致勃勃，人潮依然不減，當年二月我卻避開人潮前去尋訪位於廣渠門附近的明朝大將軍袁崇煥墓，一來因為其歷史悲壯事蹟令人刻骨銘心，二來因為其忠烈人格堪當今日社會表率。隱藏於社區之中的袁崇煥墓是北京市區特批的唯一私人墓地，現在雖劃歸政府管理，但除了有心人外此處訪客甚少。我到達時是一個陽光虛弱的午後，沒有陽光照到的地方非常寒冷，穿梭於紀念館室內室外，思緒卻徘徊於歷史的輪迴，而室內一代武將袁崇煥的字跡「聽雨」二字卻顯得格外清秀雅緻，把自帶的北京二鍋頭祭灑於大將軍墳頭後，正準備離去之際看到一隻小貓蜷縮於戶外窗台，如此寂寥寒天，這隻熟睡的小貓是此刻唯二的訪客，而我離去之後小貓便是英雄埋骨長眠的唯一陪伴者了。小貓的窗台猶如當年歷史的舞台，於是我用iPAD拍了此照，但願一代名臣長眠於此，就像小貓一樣安詳於自己的舞台。

2016.5.21　竹北

溫柔的武士

　　秦始皇兵馬俑的出土震驚世界，這個號稱千古一帝的皇帝，以其卓越的才能在戰國時期兼併六國，一統天下，他統一了文字，貨幣，度量衡，開創了中國歷史上第一個中央集權的帝國，對中國後世的歷史文明影響甚巨。秦始皇死後葬于西安郊區驪山山腳下的陵墓，在兩千多年後被附近的農民挖井時發現陶器碎片，繼而被考古學家挖出中外聞名的兵馬俑。兵馬俑是守護秦始皇陵的地下軍團，出土時栩栩如生而色彩斑斕，但隨後空氣氧化迅速，現在看到的兵馬俑都呈灰黑暗色。在竹北的一家火鍋店，兵馬俑的複製品站立在餐廳的入口處，老闆的用意應該是別出心裁作為迎賓之用。但兵馬俑高大魁梧而通體黑色，看起來太過威武肅穆，因此不知哪個天才竟把清宮旗人仕女的花帽套在武士頭上，這樣的組合讓武士多了點色彩和溫柔，但也令所有用餐的客人莞爾。現在兩岸世局紛亂，各種意見很多，很怕若秦始皇地下有知，不知道會不會跳出來，再度一統天下。

2016　苗栗縣 通宵

生命的興衰

　　花田的中間有一棵老樹，盛開的波斯菊姹紫嫣紅，迎風搖曳，老樹枝幹斑駁體態龍鍾。這一幕是個生命鮮明對比的畫面，我卻覺得有一種不對稱的美學，樹大而花小，樹一而花眾，樹衰而花茂，樹的貧瘠襯托出花朵的風華。我駐足樹下良久，輕撫著樹幹衰老的身軀，憐憫其像個孤獨的的老翁，卻喜悅於有著眾多青春年少相伴左右。繪畫和攝影最大的差別在於無中生有的自由度和時空機緣的掌握度，當然兩者都要有主觀的創作能力。攝影雖然有時受限於客觀的自然條件，但用心去感悟生命的興衰，也常常可以捕捉到觸動人心的畫面。

2014　新竹縣 雪霸農場

逝去的青春

　　粉色的山茶花呀，開在冬日的山坡上。嵐霧繚繞時像遮著面紗的少女，陽光照耀著明亮的歡顏，微風吹起時你的眼神閃爍如天上的星辰。我的來訪已是季節的末端，山坡下的木椅斑駁如昨，那裡曾經徜徉著我過往年歲的身影，眺望遠山的下午，你總倚在身後輕聲言語。今年我的腳步已然遲到，而你的約定不曾改變，靜坐在昔日的長椅，你的身軀掩映著虛弱的光陰，山風依舊拂拭著滿地的青草，而我再也不能掬起一張褪色的面容，你那隨著遠處白雲逝去的青春。

2016　新竹縣 北埔

花朵的容顏

　　再美麗的花朵失去光芒的照耀便黯然失色。攝影一詞Photograph原意就是用光來作畫，光線是攝影的靈魂，任何主體在光線不佳的情況下，拍起來的照片顯得缺乏層次感，尤其是花朵此種美麗的主體，光線的搭配格外重要。iPhone或其他手機的拍照功能是一般所謂的傻瓜相機功能，能夠調整的功能非常有限，然而山不轉路轉，人是活的，人可以移動位置和角度來捕捉畫面的呈現效果。逆光攝影是攝影裡面一個很經典表現模式，它可以凸顯主體在光影下的細節，太陽的白色光芒其實包含著彩虹的各種顏色，在逆光的某個仰角，光線折射進入鏡頭時可以展現它萬丈光芒的七彩顏色。牆邊的花朵盛開，豔紅如火，我想表現她的容顏來自光芒的照耀，於是手拿iPhone在俯仰之間讓光線流瀉進來，此生我一直用光線來作畫，而時光卻不曾停止在我臉上作畫。

2015　苗栗縣 銅鑼

新娘的花朵

　　位於新竹縣銅鑼鄉的客家大院，每年四五月時油桐花開，吸引眾多遊客前去賞花。那年春天我走訪一回，風吹花落猶如白雪紛飛，有心人把滿地的落花收集起來，放在青草地上排成一個心型，陽光透過油桐樹的枝葉照射進來，一顆宛若淑女純潔的心掩映在碧綠的草上。這不禁也令人想起一束新娘白色的捧花，在一個風和日麗，宜室宜家的日子，於是我拿起iPhone心中帶著喜悅和祝福拍下此照。

2015　新竹縣北埔

回歸塵土

　　去逛一條老街，順便到街上的寺廟去參觀，用最簡單的雙手合十禮膜拜，沒有所求，頭上廟柱橫樑吊著一對紅色燈籠，左邊寫著風調雨順，右邊寫著國泰民安，心中想著這正合我的祝願。廟裡左右兩側的屋簷下種有盆栽，盆栽的坯土上我看到了寺廟管理人員的慈悲與大愛，供俸神明的鮮花和茶水，用完之後在此回歸塵土，也提供生長的盆栽得到一些養分。這是一幕生命的滅亡與重生，茶葉的枯萎與鮮花的凋零，在入土的一刻進入一個盆栽生命的輪迴，樹葉和花朵的銷蝕，造就他日這個盆栽的開花結果，我拿起手機虔誠的拍下這個難得的畫面，心中無所求卻處處有機緣。

2015　日本

滅頂之前

　　放置於山區樹林邊上的販賣機，被一場突然來襲的大風雪幾乎給整個覆蓋了，販賣機裡擺放著各式飲料，我遊歷路過此地有些口渴，本能的想去投幣購買飲料，正要投幣之際突然覺得有些不對，估計飲料應該全部結凍了吧！即使投出飲料那該怎麼喝呢？於是渴望著販賣機，腦筋卻是一片空白，連帶眼前的一切景物全是空白，沒有販賣機，沒有樹林，沒有白雪，這是一種暫時忘我的冥想。等回過神來樹林還飄著細雪，販賣機和我都深陷於雪堆之中，此刻天地孤寂四處無人，這是一個奇特經驗，我拿出iPAD趁著販賣機滅頂之前，拍下此一難得的畫面，按下快門之際心中忽然想起唐代柳宗元的名詩〈江雪〉：「千山鳥飛絕，萬徑人蹤滅。孤舟簑笠翁，獨釣寒江雪。」

2015　日本北陸

雪的可能

　　去日本北陸的那一年冬天是農曆過年前的那些日子，住在一家飯店夜裡可以看到窗外一直下著雪，房間隔音不錯只是偶而聽到一些風聲。次日清晨醒來想到室外走走，沒想推開飯店大門到處雪白一片，而遠處狂風呼嘯大雪紛飛，不遠處一輛小汽車被大雪覆蓋只剩兩支豎起的雨刷。這個畫面神似一隻雪地裡的白兔，瞪著雙眼驚遇於我這個早起的陌生人，我駐足良久仔細端詳昨天一夜這「雪的可能」。因為此一情景讓我憶起台灣著名詩人鄭愁予於1981年創作的一首詩〈雪的可能〉，詩中描述美國愛荷華州玉米田的冬景，後來他就出了與此詩同名的一本詩集。詩人的想像力是創作的源泉，他把所經驗的景物透過個人情感，化做雪的可能，化做天地間一切的可能。

　　註：「雪的可能」是詩人鄭愁予創作的詞句。

2015　日本

窗外的風景

　　雖然我喜歡美食，喜歡好吃的餐廳，但如果情況許可我喜歡選擇不要太封閉的空間，如果有靠窗的位子，可以看到窗外的風景那就更好了。用餐，好吃的食物固然重要，但好心情更能主導人的味蕾，有些餐廳餐點好吃，味美價廉，而且座無虛席，但不幸的是環境雜亂而且非常吵鬧，很多人不以為意，認為好吃才是王道，其餘無所謂。我剛好相反，只要食物衛生，餐點不至於難吃，有令人心情愉悅的環境，那就是我的用餐合適地點了。冬日的中午在日本一家傳統料理用餐，窗外陽光明媚，遠山白雪皚皚，窗邊的大樹落葉已遠但枝幹繁盛，面對美景如畫，雖然只是吃一份簡單的日式定食，感覺格外美味怡人，飯後喝著綠茶，陽光透過大樹掩映在餐桌上面，這真是一份人間美饌珍饈。

2015　上海

凡塵一隅

在喧囂的都市裡，到處是高樓大廈和鋼鐵水泥，受限於居住條件，想要在生活環境裡擁有綠意，變得格外奢侈，但這好比在凡塵中修行，你必須用心去創造自己的另一種天地。剛好居住於公寓頂樓，房子老舊，每遇雨季飽嚐屋頂漏水之苦，而且夏季高溫炎熱如置身烤爐，但也未必完全沒有可取之處。所幸屋後有個露台，可以種些盆栽和香草，我最得意的便是買了個大花盆，種了一棵桂花樹，桂花樹在每年中秋節前盛開，花蕊如金香氣襲人，天氣晴朗時迎著藍天白雲，感覺這水泥叢林突然風景柔和而詩意盎然。凡塵一隅艱苦修行，終於有些正果，蜂蝶聞香而至穿梭花叢，又是另外一種風情，我趁著桂花還未被摘取去釀桂花醬之前，趕緊用iPad拍下這張照片。

2016　上海

我的日光

　　冬日的上海，夜裡常常零度以下，白天偶有霧霾，早晨若是醒來睜開眼睛，見陽光從窗邊流瀉進來，一天便是好心情的開始。現代城市建築緊密，高樓大廈比鄰聳立，有時連陽光都變得奢侈。這讓我想起亞歷山大大帝遇到窮困潦倒的哲學家狄奧根尼的故事，亞歷山大說，我已征服整個世界，你可以向我請求你想要的任何恩賜。正在木桶裡睡午覺的狄奧根尼伸個懶腰說，亞歷山大閣下，我正在休息，請你不要擋住我的陽光。人在生活上的滿足，有時不在於金銀財寶或榮華富貴，而在於自身了悟的徹底自由與快樂。冬日的陽光折射在床前被上，我也有一種狄奧根尼的那種快樂哲學，於是拿出iPAD拍下此照，記錄當下的感覺。

2016　四川都江堰

乾燥花靜物畫

　　去四川旅遊時剛好遇上全球霸王級冷天氣，成都冬日一般很少下雪，位於岷江邊的都江堰因靠近山區卻飄起雪來。晚上寒風襲人，在都江堰西街一家私房菜館用餐，難得有氂牛肉菌菇火鍋以及當地臘排骨和臘香腸，點了一瓶五糧液歪嘴酒配著，剛好一解天寒地凍之苦。酒足飯飽後才發現，旁邊的櫥櫃上放著一支小花瓶，裡面插著紅色乾燥花，燈光昏黃而背景古樸，這是店家主人的風情。此一擺飾從我朦朧醉眼裡望去，像極了一幅靜物畫作，攝影本來就是以光影作畫，我心中自忖暗喜，拿出手機拍下這幅冬日寒天裡的靜物畫。

2015　花蓮

水花如錦

　　位於花蓮的兆豐農場佔地廣闊，裡面種植各式花草樹木，也豢養各種動物，夏季天氣炎熱，所幸農場內大樹庇蔭，涼風吹來也可一解暑意。兒子放暑假一起同遊農場，路過一個魚池，裡面錦鯉悠游自在，兒子正用手機玩電子遊戲，剛好有事把手機暫放於池子邊上，錦鯉以為有人餵食聚集過來，我用自己手機上前拍照，魚兒突然有些驚嚇，搖頭擺尾濺起水花，我果斷地按下快門，瞬間捕捉此一水花如錦的生動畫面，雖說傻瓜功能，但只要反應快速，手機依然可以拍到難得畫面。

2015　南投縣 鹿谷鄉 溪頭

倒立的松鼠

　　小時候住台灣南部鄉下，印象中松鼠是一隻被關在小鐵籠一直踏著籠內轉盤跑圈圈的小動物，松鼠行動敏捷不易捕獲，捕獲者卻想出此種娛人方式真是天才。如你有空到南投縣鹿谷鄉的溪頭森林遊樂區一遊，千萬別錯過了森林步道，鹿谷鄉是台灣著名的茶葉產地，而森林步道是溪頭的招牌，趁著早上太陽剛升起不久，漫步其中空氣格外清新，而陽光從樹林折射進來，晨霧瀰漫，光影離迷，此種感覺有如置身仙境。樹林中有許多松鼠，也許遊客會拿一些小點心餵食，習慣性地位於步道兩旁的松樹上攀爬跳躍，松鼠有一個巨大的尾巴，看起來好似一隻毛撣子，其腿力甚好，鋒利的爪子可起箝住樹幹倒立攀爬。一個夏日清晨我漫步森林步道，松鼠跳躍在我身旁的松樹下，我見機不可失拿出手機，拍下此張松鼠倒立的有趣畫面。

2016　四川 青城山

水龍頭的原型

　　水龍頭，這個名字顧名思義是出水的龍頭，古代有用石頭刻製或陶土燒製的龍頭，用在排水口的地方。而現代的水龍頭是銅製品或不鏽鋼製品，其功能是一個控制水管出水的水閥。在北京紫禁城內的許多大殿建築，現在還保留著古代用漢白玉雕刻的龍頭，安置於殿外的排水道，當成下雨時的排水口，龍頭的嘴吧鑿有通洞，雨水可以從龍嘴裡吐出。我去過紫禁城數次，導遊都會介紹此龍頭是排水用的，但不曾雨天到訪，也從來沒看過其龍頭吐水的模樣。倒是有一次去四川青城山旅遊，此處是道教名山勝境，在前山山中有一湖泊叫月城湖，湖水清澈宛若青山裡的一塊碧玉，在其路邊的石階旁有一個名符其實的水龍頭，該龍頭是一只青石雕刻的，山泉水還不停地從龍頭嘴裡流出，我終於明白現代水閥開關名稱的由來，我想這就是水龍頭的原型了。

2016　四川 青城山

天然畫廊

　　四川青城山是道教名山，在前山的建福宮和天師洞之間，有一勝境叫天然圖畫，這裡有一座始建于清光緒年間的重檐式庭閣。此處風景秀麗，可見遠處亭閣矗立于蒼山峭壁之中，遊人在濃蔭翠色山中，有如置身畫中故得名。其實此處前後青山翠谷，嵐霧飄渺，古木參天，天光掩映，景色隨著山勢起伏變化，在此行走好似參觀一座天然畫廊。這裡曾經吸引許多名畫家如徐悲鴻，張大千等，來此浸淫其山色靈氣，對於中國水墨畫家來說，此處就是他們學習的教室，而大自然的一石一樹以及隨著四季變化的天然景色就是他們最好的老師。在青城山中步道行走極需體力，但風景優美卻令人忘卻了疲勞，我沿著山路石階蜿蜒前進，只覺峰迴路轉，突然眼前出現一幅天然圖畫，我拿出手機彩繪了一個午後的當下。

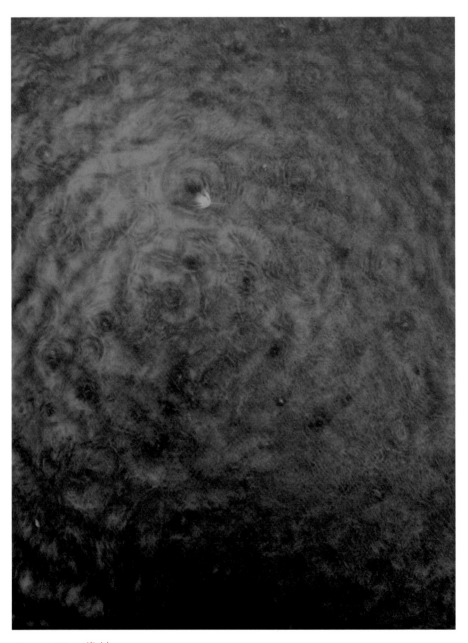

2016.6.20　蘇州

流水落花春去

　　今年南方多雨，很多地方都發洪水了，蘇州是有名的江南水鄉，小橋流水交錯，柳岸煙雨濛濛。蘇州也是名副其實的花都，春天一到，百花盛開，目不暇給。櫻花、桃花、垂絲海棠、玉蘭剛剛在這個城市盡情放肆了一回，雨季便接踵而至，小區的水塘早已是青蛙們天天開演唱會的舞台，接著不久黑溜溜的小蝌蚪便成群結隊的展開游泳比賽。江南多雨有歡樂也有惆悵，小蝌蚪標誌著新生命的誕生，而水岸邊的合歡卻被春末的風雨打得隨波逐流。我撐著傘路過一座石橋，前幾天樹上盛開的合歡已不知所蹤，只剩一片殘紅漂流橋下，雨滴不停的落在水面，讓我想起李煜的詞：「獨自莫憑欄。流水落花春去也，天上人間。」南唐後主感嘆人間繁華遠去彷彿昨日，而眼前此景讓我同樣為之惆悵，於是拿起手中ipad拍下雨中這令人動容的一刻。

2016.6.19　上海

小白花

　　中國人做菜用的最多的香草植物非芫綏莫屬，這種俗稱香菜的植物把它切碎，幾乎可以撒在任何中式菜餚中，用來裝飾和增加香氣。但我們中國人幾乎不用掏錢買香菜，因為到菜市場買菜時香菜都是商家自動奉送的，這也是一個很有人情味的傳統習俗。雖然香菜取得容易又不用花錢，但我卻喜歡自己栽種，一來種植簡單，再者新鮮健康。到種子行買一些香菜種子，春天時撒在花盆裡，按時澆水不久便長起來了，幼苗時便有香氣可以入菜，一面長大一面取用，留幾株不去動它，待到春末長到半米高便開白色小花，小花潔白如蕾絲散發著濃郁的香氣，吸引著各色粉蝶飛舞其中。香菜花可以泡成花茶或撒在沙拉及菜餚上甚是美麗，我喜歡做芒果沙拉時撒上小白花，剩餘的小白花拿一個小瓶插上，擺在書桌前觀賞讓它自然散發香氣，在食用之餘也開創另一種小小的白色美學。

2016.7.5　蘇州 靈岩山

吳宮夢遠

位於蘇州木瀆鎮的靈岩山，整座山由花崗岩構成，雖然海拔只有182米，但山勢陡峭，而山頂巨石盤據，這裡曾經是春秋吳越爭霸的主要場景之一。吳越夫椒一戰，越國大敗，越王勾踐和大夫范蠡被押為人質，後向吳王夫差獻上美女西施和大量良木，大量木材沿河水運造成河道擁堵，這也是木瀆古鎮名稱的由來。當時吳王用此木料在現靈岩山頂蓋了富麗堂皇的館娃宮供西施居住，現在舊址上還有吳王井，玩月池等遺跡。館娃宮在越王勾踐臥薪嘗膽打敗吳國後早已付之一炬，後被建寺在唐代改名靈岩寺。這裡從山下拾階而上，沿路竹林綠樹相當幽靜，接近山頂兩旁巨石夾道而立。山頂的靈岩寺如今是淨土宗的道場，從山頂俯瞰可以看到太湖和木瀆鎮，風光秀麗而視野開闊，早上登靈岩山，下山後順遊木瀆古鎮吃中飯或下午茶，回想千年歷史而吳宮殘夢似已遙遠。

2016.7.5　蘇州 靈巖山寺

慈悲之心

　　我走過中國很多名勝古蹟，心中有一個結論，凡是視野遼闊幽靜秀麗的地方，古人早已捷足先登建了寺廟或道觀。雖說歷經歷史烽火和時代變遷，但憑藉文化的傳承和信仰力量，卻代代香火不熄，也得力於這樣的傳統底蘊，我們現代人仍然可以在同樣的地點，感受古人的精神文明。隨著物質文明的彰顯和旅遊活動的發展，現在位於風景名勝的寺廟或道觀，也出現了一些掛羊頭賣狗肉的坑錢機構。但是這樣不學無術的虛假宗教單位，只要用心察覺很容易發現，首先是氛圍的不同，假單位圖俱表象沒有莊嚴肅穆的氣氛，最重要的是其內的修行者，假單位的修行者散發不出內在修持的氣質。我曾經在某個名山寺廟進去參拜被要求高價繳費，事後卻發現後面的休息室幾個和尚在抽煙聊天。然而爬上蘇州靈岩山，一路翠竹綠林，山頂一座靈嚴山寺，古木參天而氛圍靜謐，寺內莊嚴優雅，這裡是淨土宗的道場，偶爾碰到寺內修行者皆慈眉善目且祥和喜悅，雖說只有一面之緣但也可以感受到真正修行者的慈悲之心。

2016.6.1　深圳

大海的聲音

　　小孩都喜歡貝殼和海螺，他們除了形狀優美而且顏色瑰麗，海邊魚家把食用後的貝殼和海螺清潔後放在商店出售，小孩喜歡買來收藏並拿來玩耍。六月的深圳陽光普照，大小梅沙豔陽高照但人聲鼎沸，海邊沙灘萬頭鑽動，這是好動小孩的人間樂園。但安靜的小孩其童心卻與海洋相連，小不點把路邊商家買來的貝殼和海螺，任意的擺放在一本淺藍色封面的雜誌上，有如汪洋中收長藏著她心愛的寶貝。我被這美麗的畫面吸引，拿起iPAD拍下這難得的一刻，我問小不點你怎麼那麼喜歡這些海螺和貝殼呢！她拿起一只海螺貼在耳朵，然後拿給我說，這裡面有大海的消息，你聽裡面有波浪和海風的聲音。我好奇接過一聽，裡面真的有一股浪花湧動的聲音，從小孩身上我重新找到赤子之心，一顆曾經夢幻著藍色海洋而悸動不已的初心。

2016.2.9　台南

重回赤崁樓

　　老家住台南縣，自然台南市古蹟名勝如赤崁樓，安平古堡，億載金城，都是耳熟能詳的，尤其赤崁樓這座最早於1653年由荷蘭人建成名為普羅民遮城或俗稱紅毛樓的古蹟，旁邊有台南出名的小吃度小月担仔麵。此種由民間發展出來用以貼補家計的小吃後來成為台南市小吃的代表，遊客到赤崁樓必吃，我年輕時遊赤崁樓也是慕名前去一嚐夙願，日後人生際遇輾轉都不曾再訪。直到人過中年兒女長大才故地重遊，以前赤崁樓內種有成排的大王椰子，南台灣通常陽光明媚，高大的椰子樹風一吹來樹影婆娑，嘎嘎作響。時空流轉而滄海桑田，如今這些高大的身影已不知所蹤，而延平郡王鄭成功在此留下的事跡也只能留在心中當成永遠的回憶了，我登樓遠眺有感而發，賦詩一首以為紀念：「想當年，遊台南，度小月旁椰影婆娑，而今安在。謁郡王，登閣樓，尋我青春年少。三十年重回赤崁，担仔麵依舊，頭已白。」

2016.4.3　新竹 北埔 綠世界

如廁風情畫

　　每個人都有上廁所的經驗，但是面對公共廁所有時令人裹足不前，尤其是景區的公共廁所更是許多人的夢魘，有些環境封閉空氣惡臭，有些髒亂不堪蚊蠅齊飛，能有一個舒適的環境如廁和有一個很棒的餐廳用餐同等重要。位於新竹縣北埔鄉的綠世界休閒農場，是一個兼具休閒和教育功能的農場，主人和我是同鄉，農場廣植各種植物並有許多動物，鳥類和昆蟲，最令我驚訝和佩服的是其農場內公共廁所的選址和設計。小號是開放式的設計，位於小山巒的一側，前方胸部以下有各式野生植物掩蔽俱有隱私性，而胸部以上視野極佳，舉目遠眺青山綿延，層巒疊嶂。站在此處小號空氣清新，陽光明媚，上頭竹影婆娑，涼風吹拂，妙不可言。這絕對是我這輩子最爽的如廁經驗了，我站在那兒一邊如廁一邊欣賞風景，如廁完畢還久久不肯離去，為了見證這世上絕佳的如廁風景，我用iPhone拍下了一位和我一樣有福的路人，我想他的心境和我是志同道合的。

2016.4.3　新竹 北埔 綠世界

白色鵜鶘

　　位於新竹縣北埔鄉的綠世界休閒農場，飼養了許多草食性動物和鳥類，草泥馬是最受歡迎的草食性動物，但鳥類裡面屬鵜鶘最為有趣。鵜鶘算是個頭較大的鳥類長的有點像鵝故別名也叫塘鵝，鵜鶘有一個大嘴巴擅長伸入水裡捕魚，並有一個巨大的喉囊可以把魚暫放於此，然後吞入肚內。由於嘴巴巨大使鵜鶘看起來頭重腳輕，走起路來搖搖擺擺有點可笑，也因模樣惹人有趣，鵜鶘也是休閒農場內很受關注的鳥類。工作人員把牠帶出來蹓躂，並要求在前面立正站好，鵜鶘的嘴巴太大幾乎快抵住工作人員的下襬，我真替工作人員捏了一把冷汗，但這是一個難得的有趣畫面，於是用手上的iPhone趕緊補捉這令人糾結和疑惑的一刻。信任是夥伴之間最須具備的東西，人和動物如此，人與人之間更是如此。

2013.2.6　新竹縣 關西 旭陽高爾夫球場

晨光高爾夫

　　旭陽高爾夫球場位於新竹縣關西鎮，以前在新竹科學園區工作，假日常和同事或球友一起來此打球，而我隸屬的高爾夫球隊聯友隊，也多次在此辦過球賽聯誼活動。關西一帶青山綿延風景秀麗，因此高爾夫球場眾多，除了旭陽，還有立益、老爺、山溪地等球場也都在這附近。有人說高爾夫球是貴族或有錢人的活動，其實隨著世界的扁平化和平民化，任何人現在只要對高爾夫球有興趣，三五好友一邀就可參加這個非常親民的健康運動了。高爾夫球的魅力在於視野遼闊，空氣清新，漫步於樹林綠地之上，而青山溪流環抱其中。在這環境中打球，除了是一種有氧運動還能和好友聯誼交流，最重要的是在打球過程還有一種自我挑戰的動力和目標突破的企圖。冬日的清晨，天氣甚佳，和聯友隊的好友一起在旭陽球場打球，晨光照在樹林拉出長長的身影，我的球落在小山坡，我前去找球時剛好遠眺會所坐落於青山雲霧之中，真是美麗得有如一幅映像派的油畫，我用iPhone3拍下此一動人時刻。

2016.5.4　上海

屋頂的鼠尾草

　　在城市生活四周高樓大廈，水泥叢林人車喧騰，日子久了，都有一種城市疲憊症候群，此時常常會想起陶淵明〈歸園田居〉裡面的詩句：「戶庭無塵雜，虛室有餘閑。久在樊籠裡，復得返自然。」在上海寓居時剛好住頂樓，雖然夏日很熱且冬日很冷，但頂樓的露天平台可以種些盆栽，剛好可以勉強種花蒔草，多少了卻一些對田園生活的嚮往。我買了一些塑料大盆，鋪上泥土撒了一些香草種子，香菜籽，羅勒籽，紫蘇籽，荷蘭芹籽和鼠尾草籽，其中鼠尾草長到第二年才開花，開出美麗的紫色小花。鼠尾草的葉子和花朵同樣都有迷人的熱帶水果花香，葉子拿來和煎豬排一起料理相當對味，紫色小花可以拿來裝飾雞肉或豬肉料理沙拉，也可以搭配奶酪水果沙拉。鼠尾草花開在五月，我終於有點陶淵明歸園田居的一些感覺，紫色花搖曳在假日的午後，一個在城市禁錮中遺世而獨立的小小角落，疲憊的靈魂歇腳的地方。

2016.7.4　蘇州

破碎的心

　　空曠的草地上，小不點撿拾到一朵被丟棄的紅色玫瑰，掉了幾片花瓣隱約露出黃色的花蕊，她急著跑去溜滑梯，便隨手放在旁邊的木板長凳上。木製長凳經年風吹日曬雨淋，表面斑駁而且產生裂紋，玫瑰花剛好落在裂紋的凹陷處，這樣的組合感覺上有一種強烈的對比。玫瑰鮮豔而柔細，木凳暗淡而粗硬，但破損的花心躺臥在木頭裂開的年輪裡，卻是兩著共同的交匯所在。我剛好坐在長凳邊上滑手機，而這樣的情景吸引我的目光，我有一種難以言喻的觸慟，此種帶著令人不捨與惋惜的畫面，透過一朵殘破的花朵和掉落的位置，讓人激盪起現實人生的際遇。外頭風吹得有點大，我怕這個已經破碎的心再度飄零，趕快用手上的iPhone拍下這感傷的剎那。

2016.6.26　蘇州石湖

在水一方

　　一個城市的變遷和發展真是滄海桑田，湖泊的對岸原本綠樹成林，翠柳依依，平民百姓的矮房白牆黑瓦，錯落在田園曠野之中。城市化的發展填平了綠地和田野，取而代之的是高樓大廈和柏油馬路，從石湖的湖心堤走過，湖岸邊的美人蕉在湖水中綻放著豔紅的花朵，傍晚時刻天空風雲變色，高聳入雲的大廈四周風起雲湧，水面湖波蕩漾，美人蕉柔軟的身段隨風搖曳，遙望這灰濛單調像積木一樣的城市。這樣的情景僅在湖泊兩岸顯得有點落差，禁錮在車水馬龍的城市，我們慢慢變得習慣而麻木，卻忽略了一湖之隔的美景。我於是拿起iPhone拍下此景，心中不由想起《詩經》裡的〈蒹葭〉：「蒹葭蒼蒼，白露為霜。所謂伊人，在水一方。溯洄從之，道阻且長；溯游從之，宛在水中央。」

2016.6.10　蘇州 荷塘月色

寧靜的幸福

　　以前由於工作業務上的關係，時常和客戶吃飯應酬，有時也到KTV唱歌，KTV裡面通常歌舞喧騰，人聲鼎沸，空間封閉而空氣汙濁。喝酒的、抽煙的、唱歌的、聊天的、串門子的，在雜亂閃爍的音樂燈光中杯觥交錯川流迴旋，全部人員亂成一團。表面上歡樂無比，但日子久了處在那種環境，腦海一直出現一個渴望的畫面，心中總想著儘速逃離那個地方。渴望有一個地方，在大樹下乘涼，眼前有一湖種滿蓮花的綠野，有一張可以靠背的木椅，可以坐著喝杯茶看本自己喜歡的書，清風為伴沒人打擾，享受一個人的孤獨和一種寧靜的幸福。多年後，在夏日的午後走過一個名叫荷塘月色的湖岸，我在一張木椅的背後拍下此景，駐足此處良久，腦海泛起一些聲色雜亂的畫面，猛然驚覺飛鳥掠空而過，而此時此刻，這裡好像有點熟悉而似曾相識。

2016.7.5　蘇州 靈岩寺

大樹的庇蔭

　　從人類過度消耗地球資源之後，森林被濫砍而城市的樹木更顯得珍貴，除了深山之外現在能在城市附近看到大樹尤其是古樹，那真是可以算寶貝了。一棵古樹能長得高大而且活得長久，必須歷經重重考驗，首先基因要夠好否則可能中途自然夭折死亡，接著要承受得住天災譬如狂風暴雨雷電的摧殘，還要不受自然蟲害的侵蝕啃咬，最後還要躲過經年累月的人為破壞和砍伐。像台灣著名的阿里山神木，曾經是一棵標誌性的蒼天古樹，但多年前遭遇雷擊死亡，如今已是壽終正寢。我喜歡到訪名勝故蹟和郊野古剎，每到一處都對其內的古樹心懷敬意，並繞樹一周有時還加以擁抱。古樹通常枝椏蒼天翠綠繁茂，陽光入射便掩映在古寺粉牆，夏日漫步於庭前樹下涼爽悠然。此刻抬頭仰望天空，人顯得有些渺小，感覺因為大樹的庇蔭，人的心境一下便沉澱了下來。

2016.7.4　蘇州 太湖 西山

太湖暮色

　　太湖位於江蘇，浙江，上海和安徽的交界，是中國第三大淡水湖，湖泊內水產豐富，其中太湖三白：白魚、白蝦、銀魚是著名的特產，是到訪遊客必吃的湖鮮。太湖四周沿岸青山綠地綿延，盛產水果和農作物，尤其楊梅、桃子、李子、梅子、水梨等在五月到八月之間陸續產出，你若是剛好在此時刻親臨太湖，那絕對可以一飽口福。太湖面積高達2300多平方公里，遼闊的水域想要一窺太湖面貌不太容易，但有兩處以半島的結構深入湖心，由此可以進入太湖水域中心，飽覽太湖山水和農家風光，從江蘇省蘇州市木瀆鎮方向，沿太湖大道環湖往西山或東山皆可以深入湖心。其中往西山方向經過三座白色的跨湖大橋，可以到達太湖的最深處金庭鎮。我和同學阿龍及陳姓友人到達時已是下午時分，站在白色橋邊欣賞太湖暮色，水波優柔而雲影如幻，遠帆飄蕩而海天一色。我拿手機拍下此景，心中想起了當年鳳飛飛唱紅的小曲〈太湖船〉：「山青水明幽靜靜，湖上飄來風一陣，啊，行啊行，進啊進⋯⋯水草漫漫太湖岸，飄來陣陣蘆花香，啊⋯⋯」

2016.7.4　蘇州 太湖 西山

太湖農家樂

　　一方水養一方人，太湖除了提供湖泊沿岸居民的飲用水來源，還提供沿岸四周果樹農田的灌溉，最重要的是其湖內水產豐富，魚蝦田螺等是當地居民的重要副食來源。得力於太湖的恩賜美饌，太湖邊上人家到處興起農家樂，到湖心西山金庭鎮繞一圈，飽覽太湖山水之餘，選一處農家樂休息兼用餐那就太完美了。夏日最好在傍晚時刻，選一處瀕臨湖岸的人家，如在二樓視野更好，這邊除了著名的太湖三白：白魚、白蝦、銀魚外還能吃到太湖野鴨和太湖蘆葦心。另外我還點了太湖激浪魚煮豆腐湯，湯鮮味美肉質細膩，但小刺密密麻麻，坐在二樓邊上四周通透只有圍欄，喝著啤酒而涼風拂面真是舒暢無比。眺望太湖水面，偶有農家泛舟捕魚，蘆葦搖曳而水波拍岸，黃昏時刻遠山如黛而燈火點綴，用手機拍下捕魚人家夫唱婦隨，此時想起元詩人王冕的〈船上歌〉：「今年來往太湖曲，三萬頃波供濯足。玉簫吹散魚龍腥，七十二峰青入目。」

2016.4.13　蘇州

賞櫻之道

　　到日本賞櫻花一直都很熱門，台灣這幾年也流行在本島山區種櫻賞櫻，但根據考證日本的櫻花和賞櫻也是從中國唐代移植和流傳過去的，中國大陸這幾年也廣植櫻花，大有要恢復古代櫻花大國之勢。我曾經於櫻花時節到湖北武漢東湖賞櫻，東湖緊鄰武漢大學，兩者都是中國有名的賞櫻勝地。櫻花盛開之際，舉目望去如花海波濤令人如癡如醉，但因遊客甚多倒也喧囂繁雜，很難找到一處淨土，細細觀賞櫻花的優雅以及品味它的風情，而且因為交通擁堵嚴重，最後只能狼狽的擠上攬客黑車，然後匆匆逃離摩肩擦踵的人群，算是賞櫻之中的另一惱人窘境，櫻花雖美但交通困境至今仍心有餘悸。倒是四月的蘇州整個城市有如花都，隨便一個小區都是櫻花盛開，我有幸在這個時節走過一個小區的步道，只見兩旁櫻樹夾道綻放，部分盛開過後的花瓣灑滿了小徑，有一種杜甫的那首〈客至〉：「花徑不曾緣客掃。」的詩意，感覺這才是真正的賞櫻之道，我情不自禁拿出iPAD拍下這心醉的一刻。

2016.3.30　蘇州

江南春

　　小時候背唐詩，會背誦但常常不解其意，等漸長大再讀唐詩，可解其意但未臨其境。中國古詩詞創作的背景在大陸，但對於在台灣土生土長的我而言，未到大陸之前只能靠想像去理解古詩之意境。直到有機會到大陸工作和旅遊，身歷其境才再度得以體會古代詩人創作的生活環境。江南自古人文薈萃，至今隨便行走都可以感受古人詩意在現實環境的重現。三月到蘇州，在一個小區附近的小餐館吃豬肚雞，餐館的旁邊有一條河流，河上有一座花崗石砌成的拱橋，用餐後漫步橋上，河流兩岸一邊楊柳依依一邊桃花綻放，小鳥成群在兩岸枝頭飛舞追逐，而我一時望不到河流盡頭。天啊！這不就是唐朝杜牧的〈江南春〉嗎？「千里鶯啼綠映紅，水村山郭酒旗風。南朝四百八十寺，多少樓台煙雨中。」有幸到江南身歷杜牧的江南春，此種體驗相當美妙，人過中年重新感悟兒時背誦唐詩的意境，也算是一種返璞歸真吧！我愛唐詩，我愛杜牧，我愛江南春。

2017.7.10　竹北 鳳崗

慢下腳步

現代工商社會效率掛帥，企業和個人在劇烈的競爭環境中被迫快，更快，還要再快，在時間就是金錢的標語下，電腦核心的中央處理器要更快，儲存的記憶體也要更快，高鐵的速度要更快，網路的速度要更快，彷彿世界的一切都被標榜要更快。而人在這樣的環境下，變成吃飯要更快，走路和開車要更快，連同大腦的思考和運轉也要更快。快有快的優點，但慢有慢的好處，中國老祖先的智慧講究一種平衡，快你會獲得一些東西但也會很快失去一些東西，更甚者欲速則不達。我在全球競爭最劇烈的電腦、半導體和顯示器產業工作過多年，早已被訓練得像三太子哪吒腳踏風火輪一樣，變成吃飯快，走路快和開車快的現代三快俠。有一天去竹北鳳崗拜訪好友Tony胡，開車經過附近農田，盛夏陽光明媚，藍天白雲之下稻穀金黃，隨風搖曳，柏油路上的標語彷彿在提醒我，慢下腳步吧！有得必有失。頓時心頭顫動了一下，把車子慢了下來，最後乾脆在路旁熄火下車，用手撫摸著飽滿金黃的稻穗，望著遠方翻騰的白雲，我才恍然人生的旅程裡，不知多少年不曾如此慢下腳步親近身邊的一切。

2016.5.18　竹北市

小貓的幸福

　　才五月，地球變了，天氣宛如炎炎夏日，烈日當空，到處熱氣蒸騰，走在路上那是汗流浹背。路過一條很小的河流，兩岸綠樹成蔭，但是地面溫度還是相當炎熱，小貓應該是地面無法躺著睡覺了，乾脆爬上樹下機車的坐墊睡覺，我望著牠睡覺的模樣，嘆息著：「哎！貓比人幸福啊！」可能聲音驚動了正在睡覺的小貓，牠抬頭一臉無辜的表情望著我，彷彿對我說：「停下腳步吧！找個舒服的地方安頓你的身心，這個時候就不要再折騰自己了。」

2015　竹北

面具

　　相由心生，一個人的喜怒哀樂會自然由臉上的表情呈現出來，但是一旦帶上面具，就看不到真正的表情。面具是可以特別打造的，端看你喜歡哪樣的表情，現代的網路就是一個虛虛實實的世界，不能讓你看到真正的面目，於是真人到處充斥著經過數位處理的面容，倒是線上的數位遊戲人物經過虛擬的電腦處理，努力想要把它變成一個真人的容貌。面具具有複雜的功能，它在人與人之間保持著一定的距離，讓你無法貼近彼此，在虛偽和欲望之間形成一道防線。面具不是這個時代發明的，只不過透過網路的技術，變得更加逼真，更加具有影響力，變得更加無遠弗屆了，接觸不到真正的內心，即使一張真人的臉皮，還是帶著面具。

2018.1.24　桃園

烏雲罩頂

　　到達桃園機場剛好傍晚了，搭上計程車南下回家，路過桃園時，往窗外一窺著實嚇了一跳。夜幕低垂，民家燈火點點，遠處本來仍然日光金黃，霞彩滿天，但是沒多久烏雲匯聚，整個天空如潑墨傾瀉，翻騰的烏雲籠罩天邊，把原本的霞光壓縮成只剩一道金邊，整個場景演化著令人沮喪的色調。這樣詭異而壓抑的天空，正是台灣當前政治氛圍的寫照，我拿出手機拍了這張照片，無奈望著蒼天，整路無語，希望明天台灣的天空能夠有著藍天白雲照耀著翠綠的大地。

2017.5.8　新竹 獅頭山

堅毅的生命力

　　人不能選擇自己的出生，但是透過改變可以扭轉自己的命運，大自然裡很多事物都可以給我們這樣的啟示。常和五弟去爬獅頭山，路過元光寺的廣場旁，有一棵好像是刺桐的大樹令人敬意。它出生在山壁的石縫上，長大後山壁的邊緣已漸無法支撐樹幹的重量，若是長此以往勢必只有倒塌崩裂一途，堅毅的生命力強迫自己轉向，漸漸它彎曲成九十度的方向上爭取陽光，終於開枝散葉長成一棵茂盛的大樹。我在這棵樹前駐足良久，順便拿起手機拍了這張照片，剛好寺廟裡的一位出家人經過，他停下腳步對著我說：「這棵樹長在這裡也是一種緣分。」我想他似乎在對著我們啟示著什麼，也許這棵樹是讓我們了悟人生的修行可以改變自己的命運。

2016.7.24　苗栗 鯉魚潭

花開花落

　　樹上的雞蛋花開得滿樹生香，樹下的落花有的已經凋萎，風吹過樹梢，盛開而極的一朵花蕊剛好掉落在一片凋萎的花朵面前，我在苗栗的鯉魚潭目睹這一過程，於是蹲到地上用手機拍下這幅照片。花開必有花落，盛極而衰本是人生常態，道家說這就是天道。很多人追求青春永駐，於是整容大行其道，有些人甚至失去自己本來的容貌，連自己都不認識自己了。人過了容貌最青春美麗的時候，其實內心的修為比外表的整頓更加重要，人隨著年紀面容會逐漸失色凋萎，但內心的修持卻隨著年紀更加出色豐富。人的一生不管多麼轟轟烈烈，但名、權、利，最終都會像這芳香盛開的花朵一樣凋萎消亡，誰也不能例外，只是看你何時可以看透。

楊塵作品系列

畫意攝影（1）

我的攝影之路：用光作畫

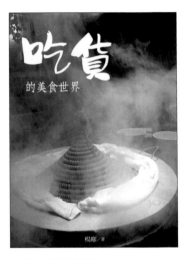

吃遍東西隨手拍（1）

吃貨的美食世界

走遍南北隨手拍（1）

凡塵手記

楊塵生活美學（1）

峰迴路轉

我的香草花園 封面

現代桃花源
-隱匿城市的香草花園和香草料理

楊塵 著作

楊塵生活美學（2）
我的香草花園和香草料理

楊塵私人廚房-沙拉篇封面

楊塵私人廚房-沙拉篇

製作/圖/文 楊塵

太平盛世我們真正需要的是減輕負擔，迎接輕食年代簡單而美好，在家你也能隨心所欲製作自己喜歡的餐點，自由而創意始能心滿而意足。

楊塵私人廚房（1）
我愛沙拉

楊塵私人廚房-西式早餐和下午茶點 封面

楊塵私人廚房- 家庭早餐和下午茶

圖/文 楊塵

楊塵私人廚房（2）
家庭早餐和下午茶

楊塵私人廚房-家庭西餐篇

圖/文 楊塵

飲食是生活的起點也有其生命的況味，一個人吃什麼和其性格與品味有關

楊塵私人廚房（3）
家庭西餐

國家圖書館出版品預行編目資料

凡塵手記／楊塵著. --初版.--新竹縣竹北市：楊
塵文創工作室，2019.02
　　面； 公分.——（走遍南北隨手拍；01）
ISBN 978-986-94169-1-7（平裝）
1.攝影集 2.旅遊文學
855　　　　　　　　　　107021206

走遍南北隨手拍（01）

凡塵手記

作　　者　楊塵
發 行 人　楊塵文創工作室
出　　版　楊塵文創工作室
　　　　　新竹縣竹北市成功七街170號10樓
　　　　　電話：（03）6673-477
　　　　　傳真：（03）6673-477
設計編印　白象文化事業有限公司
　　　　　專案主編：林孟侃　經紀人：張輝潭
經銷代理　白象文化事業有限公司
　　　　　412台中市大里區科技路1號8樓之2（台中軟體園區）
　　　　　出版專線：（04）2496-5995　　傳真：（04）2496-9901
　　　　　401台中市東區和平街228巷44號（經銷部）
　　　　　購書專線：（04）2220-8589　　傳真：（04）2220-8505
印　　刷　基盛印刷工場
初版一刷　2019年2月
定　　價　330元